KB166916

세상의 모든 청년

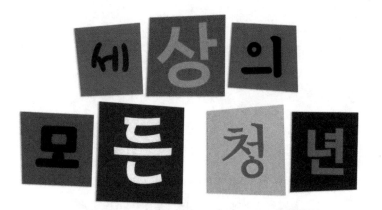

세상의 모든 청년

청춘을 논할 때 슬그머니 제외되는 사람들의 이야기

쓰는 사람들

추천사

김민섭 『나는 지방대 시간강사다』 작가, 북크루 대표

내가 쓰고 싶었던 책과 만나게 되는 일이 종종 있다. 『세상의 모든 청년』을 읽으면서도 그랬다. '아, 내가 쓸걸.' 그러나 그 감정은 아쉬움보다는 고마움에 가깝다. 이 책과 만났기에 비로소 내가 언젠가 이러한 책을 쓰고 싶은 사람이었음을 알게 된 것이다. 정지우 작가를 비롯해 프로젝트에 참여한 모든 작가들에게 감사를 전하고 싶다. 세상에 필요한 책을 써 주신 데 깊이 감사드린다.

세상이 규정해 온 '청년'이란, 사회에서 요구하는 지덕체를 모두 갖춘, 경쟁에 참여할 수 있는 몸과 마음과 기반을 가진 사람인 듯하다. 이 '청년'이라는 단어는 탄생하고 번역되던 100여 년 전부터 그래왔다. 그러고 보면 이만큼 폭력적인 단어도 별로 없는 셈이다. 이제는 이 용례를 확장해야만 한다. 이 책에 등장하는 청년들을 발견하고, 세상으로 견인하고,

푸르고 반짝이게 하는 역할이 우리 모두에게 주어져 있다. 어디부터 시작해야 할까. 그들의 이야기를 듣는 일, 그리고 읽는 일부터일 것이다. 한 개인의 서사를 이해할 때 비로소 제도의 변화도 이뤄낼 수 있기 때문이다.

이 책에 보내는 '언젠가 내가 쓰고 싶었던 책'이라는 표현은, 내가 작가로서 할 수 있는 최상급 추천의 언어다. 마음을 다해 이 책을 당신에게 보낸다.

이번 20대 대통령 선거를 두고 '청년'이 전면에 부상한 첫 선거라고들 한다. 대선 후보들은 경쟁적으로 청년 공약을 내놓았다. 그러니 청년의 삶은 곧 나아질까. 소위 '인천공항 정규직화 논란'이나 '조국 사태', '이대남 현상'에서 목소리 낼 수 있던 청년은 누구였는가. 언론이 대학생인 취재원의 대학 이름을 쓴 경우, 10명 중 7명이 서울 4년제 대학이었다고 한다. 청년임에도 청년이라 호명되지 못하는 이들이 적지 않다.

이 책은 정지우 작가를 중심으로 모인 '쓰는 사람들'이 이 땅의 지워진 청년들을 찾아 나선 기록이다. 세 번째 입시를 준비하며 자신의 존재가 쓸모없다고 느끼는 청년, 고등학교 1학년이 되었을 뿐인데 일찌감치 전공을 정하고 모든 교내활동을 그에 맞추라는 학교를 결국 떠난 청년, 보육시설에서 지내다 '보호가 종료되어' 사회에 나갔으나 연인이 상견례 이야기를 꺼내자 이별을 고해야 했던 '자립준비청년', 북한이탈주민, 장애인, 우울증을 겪는 여성 청년에 이르기까지…. 그간 미디어가 주목하지 않았거나, 다루더라도 좀처럼 '청년'으로 묶지 않은 사람들이다.

이 책에서는 카페 사장이 직원을, 현직 교사가 학생을 인터뷰하기도 했다. 저자들은 서로 다른 세대와 입장에 조심스러워하면서도 쉽게 연민하지 않고, 상대를 알아가려는 노력을 포기하지도 않는다. 그럼으로써 "서로가 서로의 존재에 맞닿아야 한다"라는 연대의 결론에 다다른다. 물론 이를 위해서는 "합격해야지만 환대받을 수 있는 사회가 아니라, 존재 그 자체로 환대하고 자리를 내어주는 사회"를 만들어야 할 것이다. 20대 담론의 홍수 시대에, 세상에 꼭 필요한 청년 담론이 나왔다. 읽고 나면 청년을 보는 눈이 달라진다.

일러두기

<세상의 모든 청년>은 (주)북이오와 (주)호밀밭이 함께 진행하여 '온라인 연재 – 전자책 출간 – 종이책 출간'으로 이어진 하나의 프로젝트입니다. 문화평론가이자 변호사인 정지우 작가가 '쓰는 사람들'을 모집하고 리드했습니다. 2022년 2월 7일 (주)북이오의 전자책 에디션으로 미리 출간되었으며, 본 도서와는 같은 콘텐츠와 제목을 공유하되 서로 다른 편집 과정을 거친 별개의 도서임을 알려드립니다.

ProLogue

Prologue

정지우

'세상의 모든 청년'들에 대해 이야기하기 위해 열여섯 명의 작가가 모였다. 작가들은 저마다 말해져야만 한다고 믿는 청년들의 이야기를 찾아 나섰다. 저마다의 방식으로 각자 기차를 타고, 지하철을 타고, 차를 몰고, 뚜벅뚜벅 걸어 청년들을 만났다. 그렇게 그들의 이야기를 듣고, 그들과 깊이 교감하면서 세상에 알려야 한다고 믿는 지점을 적어내고자 심혈을 기울였다.

언론사 소속 기자도 아니고 그저 글을 쓰는 사람들이 이렇게 '하나의 주제' 아래에서, 이토록 다양한 사람들을 만나 저마다의 르포 에세이를 써내는 프로젝트는 거의 전례가 없을 것이다. 팀 '쓰는 사람들'의 프로젝트 <세상의 모든 청년>은 그렇게 하나의 마음 외에 특별한 공통점 없는 사람들이 모여 이루어낸 일이다. 그저 어느 청년들의 이야기들을 꼭 세상에 알려야 한다는 일념하에 말이다.

최근 여러모로 청년 문제가 세상의 중요한 화두로 떠오르고 있다. 하지만 흔히 넘쳐나는 청춘 또는 MZ세대의 이야기라는 것을 들을 때면, 또 스스로 이야기할 때면 늘 마음에 걸리는 것이 있었다. 이 담론들이 호명하는 '청년'이란 정말 이 세대의 '모든' 청춘인가? 아니면 지극히 평균적인 청년을 상정한 추상적인 청춘에 불과한 건 아닌가? 어쩌면 그조차도 아니고, 대학생 등 흔히 청춘의 대표 격으로 내세워지는 일부 청춘들에 대한 이야기일 뿐인 것은 아닐까? 청년에 대해 이야기하고 들을 때마다 그런 고민을 떨쳐낼 수 없었다.

이 책 『세상의 모든 청년』은 그런 의문에 대한 하나의 대답이다. 일반적인 청년 담론에 포섭되지 않는, 혹은 청춘을 논할 때 슬그머니 제외되는 그런 청춘들에 대한 이야기다. 그러나 그들 또한 우리 사회에 명백하게 존재하는 청춘이며 어떤 측면에서는 더 많이, 더 자주 호명되어야만 하는 이들이다. 학교 밖 청소년, 보호종료아동, 시각 및 청각 장애가 있거나 우울증으로 고통받는 청년, 제도 밖 청년예술가와 청년 노동자, 북한이탈주민 청년 등 우리 사회가 반드시 들어야만 하는 청년들의 이야기를 담고자 애썼다. 다르면서도 다르지 않은, 그들 청년의 이야기를 차곡차곡 쌓았다.

우리 사회가 경쟁과 양극화는 날로 심각해지고, 부동산 가격 폭등과 좁아지는 취업문 등으로 청년들에게 매일 더 가혹해지는 사회라는 데는 의문의 여지가 없다. 전 세계에서 가장 아이가 태어나지 않는 국가라는 현실은 그 방증이기도 하다. 앞으로 이 사회가 어떻게 나아가야 할지 이런저런 대답들이 부지런히 모색되는 중이다. 그런데 그 대답은 가장 먼저 청년들로부터 들어야 할 것이다. 그들의 이야기를 알고, 그들의 손을 잡고, 그들과 연대하는 일이 가장 먼저일 것이다.

우리는, 우리 사회는 세상의 모든 청년들을 만나야만 한다. 그들의 고민을 가까이에서 듣고, 그들의 입장을 상상하며, 그들의 마음으로 미래를 고민해야 한다. 실상 미래란 청년들의 것이다. 기성세대는 그들이 만들어 나갈 세상을 도와주고 지지해줄 의무가 있다. 한 사회란 그런 식으로 계승되고 물려주며 지속 가능한 형태로 남게 되기 때문이다. 우리는 우리 이후의 시대, 세대, 사회, 삶이라는 것을 책임져야 한다. 청년들에게 삶을 열어주어야 한다.

이 프로젝트가 그 '시작의 문'이 되길 바라면서, 나아가 더 인간 냄새나고, 더 함께 살아갈 만한 세상이 되길 바라면서 세상의 모든 청년에게로 여러분을 초대한다. 무엇보다 인터뷰에 응해준 청년들에 가장 깊은 감사의 말을 전하고 싶다. 그리고 온 마음을 다해 그들을 찾아 나서고 글을 써준 '쓰는 사람들'의 작가들, 그리고 처음 이 프로젝트를 제안해준 전자책 플랫폼 북이오와 종이책 출간을 적극적으로 추진해준 호밀밭 출판사에 감사드린다.

prologue

정지우

Chapter 1

미래로 향하는 길, 청춘과 난춘

Chapter 2

보이지 않는 존재, 보호종료아동

83

Chapter 3

우리가 우리일 수 있게

139

Epilogue

허태준

217

ChaPtER 1

미래로 향하는 길, 청춘과 난춘

봄은 자살률이 가장 높은 계절이라고 한다.
어떤 이들의 청춘靑春은 삶과 죽음의 경계에서 방황하는,
그야말로 혼돈의 봄亂春일지 모른다.
가늠할 수 없는 아픔을 겪고 있는 이 앞에서
그마저도 삶이니 사랑하라고 말할 수는 없다.

자퇴의 색깔

'겟코소'는 백년이 넘은 공방이다. 화려한 긴자 거리의 명품관 사이에서 작은 공방이 오랫동안 존재할 수 있었던 이유는, 화방에서 직접 만든 독특하고 아름다운 색깔의 물감에 있다.

나는 자퇴했다.

작년 말, 종례시간에 지역교육청 학생기자단에서 발행한 신문을 전해 받았다. 우리 학교 아이들이 쓴 글이 있는지 훑어보며 무심히 페이지를 넘기다가, 한 기사 제목 앞에서 그대로 멈추고 말았다. 「나는 자퇴했다」. 학생기자단 활동을 하던 글쓴이가 자신의 자퇴 과정을 담아낸 기사였다. 글쓴이가 그동안 겪은 학교생활의 어려움과 극복을 위한 노력, 진로에 대한 고민 끝에 자퇴를 결정하는 과정과 다짐이 담겨 있었다. 기사 내용 중, '학교에선 진로를 확실하게 정해서 모든 과제를 진로와 관련성 있게 써야 했고, 모든 활동과 수업이 대학 입시 위주였다'는 대목에 밑줄을 그었다. 부끄러워졌다. 아이들의 학년이 올라갈수록 진로에 맞춰 모든 학교생활을 진행하도록 안내하고 또 유도했던 내 모습을 돌아보게 되었다.

이 글을 마냥 넘길 수 없어서 자퇴에 관한 답글을 써서 교육청 블로그에 기고했다. 고등학교 3학년 담임으로서 외면할 수 없던 입시, 그리고 그 안에서 자퇴에 대한 고민을 하던 제자들을 떠올리며 적어나갔다. 무엇보다, 글쓴이에게 글이 닿기를 바라며, 응원의 마음을 담아 적었다.

<세상의 모든 청년> 프로젝트를 들었을 때, 가장 먼저 떠오른 사람이 바로 이 글쓴이였다. 교육청 주무관님을 통해 수소문한 끝에 겨우 글쓴이와 연락이 닿을 수 있었다. 글쓴이는 원고를 보내는 것을 끝으로 자퇴를 하고 기자단 메신저에서도 나간 뒤여서, 답글은커녕 자신의 글이 신문에 실렸다는 사실도 이번 연락을 통해 처음 알게 되었다고 했다. 내가 적은 답글을 잘 읽었다며, 감사하게도 글쓴이가 인터뷰 요청을 승낙해주었다. 공

교롭게도 스승의 날, '라라코스트'라는 파스타집으로 글쓴이를 만나러 갔다. 만나기로 한 곳에 먼저 도착해 긴장한 채로 앉아 있는데, 한 여성분이 다가와 눈인사를 했다. 나는 움찔하며 일어나, 꾸벅 고개를 숙였다.

라라의 색깔

라라님은 (라라코스트에서 만나서 라라) 지금은 18살이고, 고등학교 1학년이었던 작년 11월에 자퇴했다고 말했다. 스스로를 어떤 사람이라고 정의할 수 있냐는 사전질문에 '웃음이 많고 밝은 사람'이라고 적어주었는데, 실제로 만나보니 그 말이 충분히 이해됐다. 사전에 카톡으로 몇 번 대화를 나누었음에도 내가 더 어색해하고 낯을 가렸다. 오히려 라라님이 밝게 웃으며 먼저 분위기를 풀어주었다. 음식을 주문하려는데, 라라님은 거의 5분 이상을 메뉴를 고르지 못하고 고민했다. "아니, 음식 결정은 이렇게 어려워하시면서… 대체 자퇴 결정은 어떻게……." 조심스럽게 농담을 던지자 깔깔 웃으며 "음식 같은 건 누가 정해주는 대로 먹는 게 더 좋아요"라고 말했다.

  음식을 시켜놓고 정신이 들어 제대로 얼굴을 마주하니, 색이 빠져 갈색빛에 가까워진 라라님의 노란 머리가 눈에 들어왔다. 노란색. 부끄럽지만 자퇴하면 떠오르는 색은 노란색이었다. 매체에서 다루는 자퇴생의 이미지에는 꼭 노란 머리가 포함되어 있었다. 자퇴는 곧 비행을 의미하는 듯한 이미지가 있었는데, 요즘의 자퇴는 이전과는 이미지가 달라졌다. 비행으로 인해 학교를 떠나려 하는 것보다는, 어떻게 하면 더 유리하게 대학에 갈 수 있을지를 고민하며 자퇴를 결정하는 경우가 더 늘었다. 라라님도 어쩌면 입시를 위해 기숙학원 같은 곳에 다니려고 자퇴를 선택했을지도 모를 일이었다.

감자튀김을 포크로 살짝 찍으며, 하루를 어떻게 보내는지 물었다. 라라님은 아침엔 8시 반쯤 일어나 씻고 10시에 맞춰 검정고시 학원에 간다고 말했다. 1시쯤 검정고시학원을 마치고 집에 돌아와 밥을 먹고는, '하고 싶은 걸 하는 시간'을 갖는다고 했다. 그리고 저녁 6시 반에는 근처 빵집에 가서 9시 반까지 아르바이트를 한다고 했다. 학교에 가기 위해 아주 이른 아침부터 일어나지 않아도 되는 게 정말 좋았고, 하고 싶은 걸 하는 시간이어도 평일에는 휴대폰을 사용하지 않기로 어머니와 약속해서 거의 사용하지 않는다고 했다.

한편, 빵집 아르바이트는 무려 40대 1의 경쟁을 뚫고 합격했다고 말했다. 자신감 있는 미소가 슥, 보였다가 옅어졌다. 비결이 뭐냐고 물었더니, 절절하게 자기소개 문자를 보냈던 것과 면접에서 활짝 웃었던 것, 그리고 시험 기간에는 아르바이트 시간을 어떻게 조절할지 묻는 사장님께 자퇴해서 상관이 없다고 말했던 것 때문인 듯하다고 말했다. 이 대목에서 우리는 유쾌하게 깔깔거리며 웃었다. 사장님은 자퇴생에 대한 어떤 편견도 없이, 오히려 대단한 결정을 했다고 응원해주는 분이라고 했다.

토마토 파스타를 돌돌 말면서, 학교에 다닐 때는 어떤 학생이었는지 물었다. 라라님은 선생님 말을 아주 잘 듣는 학생이었다고 말했다. 장난스럽게 의심의 눈초리를 보냈더니 조금 억울해하며 구체적인 학교생활 이야기를 늘어놓았다. 라라님은 학교에서 친구들과 만나 대화하는 것도 참 좋아하고, 모둠 수행평가에도 열심히 참여하는 등, 여러모로 학교에서 사랑받는 '인싸' 같았다. 선생님들하고도 이야기 나누는 걸 좋아해서 교무실도 자주 찾아가 마이쮸를 받아먹었다고 말했다. 마이쮸를 받아먹었다니, 인정해야겠다고 생각했다. 자퇴를 결정한 후 마지막으로 학교에 나간 날, 친구들과 담임선생님이 자퇴파티를 열어주었다고 했다. "OO고등학교 탈출 축하!"라고 말하며 진심으로, 조금은 라라님을 부러워하는 친구들이 있었다고 했다.

콜라를 한입 들이켜고 나서, 자퇴를 결정하기까지 가족과 갈등을 겪지는 않았는지에 대해 물었다. 라라님은 갈등이 전혀 없었다며 어머니 이야기를 시작했다. 자퇴는 라라님이 스스로 결정했고, 어머니는 이 결정에 지지와 응원을 보내주었다고 했다. 어머니가 라라님의 자퇴에 대해 상담하러 학교에 갔을 때,

교감 선생님과 나누었다는 대화도 인상적이었다.

"분명 학교에서 배우는 것도 많아요. 하지만 학생들이 빨주노초파남보를 생각할 수 있는데 학교에서는 파란색만 보라고 말하고, 기껏 아이들이 파란색을 보았더니, 이번에는 파란색의 농도까지 맞추라고 합니다."

학교에서 근무하는 교사로서 이 비유를 편하게 들을 수만은 없었다. 하지만 실제로 작년에 고등학교 3학년 담임을 맡아 입시를 경험해 보니, 어머니의 말씀을 어느 정도 이해할 수 있는 부분이 있었다. 어떤 맥락에서 이런 이야기가 나왔는지 궁금했다. 어머니를 꼭 만나 대화를 나누고 싶었다. 사전에 약속되지 않았지만 실례를 무릅쓰고 라라님에게 어머님을 뵙고 싶다고 마음을 전하자, 감사하게도 동의해주었다. 어머님께 연락드리자, 잠시 망설였지만 인터뷰에 참여하겠다고 했다.

밥을 먹는 사이에 우리 사이가 조금은 편해지고 가까워진 느낌이 들었다. 사실 처음부터 라라님은 나를 편하게 대했는데, 내가 낯을 가리고 과도하게 조심스러웠던 것 같기도 하다. 솔직히 처음 만났을 때 노란 머리를 보고 움찔했다고 고백했더니 라라님은 꺄르륵 웃으며, 스스로도 의식할 때가 있다고 말했다. 처음 머리를 염색하려고 마음 먹었을 때 자퇴생을 바라보는 편견 때문에 망설였는데, 어머니가 우선 원하는 대로 시도해보고 편견이 실제로 있는지 겪어보는 것도 괜찮다고 지지해주었다고 말했다. 이 말을 듣고, 어머니를 꼭 만나야겠다고 다시 한번 다짐하게 되었다.

머리카락 한 올이라도 전공이랑 엮어라

파스타 그릇을 깨끗이 비우고, 우리는 카페로 이동했다. 카페에서는 보다 구체적으로, 학교를 떠난 이유에 대해 이야기 나누기 시작했다. 아메리카노를 한 모금 마시고 나서, 학교의 어떤 점이 아쉽게 느껴졌는지를 물었다.

"되게 힘들었어요. 수업 후에 소감을 쓰는데 선생님이 '너네 이렇게 쓰면 안 된다. 어떻게든 머리카락 한 올이라도 전공이랑 엮어라'라고 하셨어요. 과학 시간이었는데, 안경의 과학적 원리에 대해 배운 시간이었어요. 춤을 전공하려는 친구와 둘이 속삭이면서 '이걸 대체 어떻게 안경이랑 엮으라는 거야?'라며 혼란스러워했어요."

"잠깐만, 춤 전공인데, 안경이랑 엮으라고 하셨다구요? 어떻게, 안무라도, 안경춤 같은 거라도 만들어야 하나요?⁽ᐓᐢᐧ⁾"

"모르겠어요.⁽ᐓᐢᐧ⁾ 그 과학적 원리랑 춤을 어떻게…… 이런 식으로 학교에서 배운 모든 주제를 전공이랑 엮어서 생각하고 쓰게 만드니까 힘들었어요."

안경춤을 춰야 하냐며 농담을 던져 놓고는, 금방 웃음을 잃고 말았다. '머리카락 한 올이라도 전공하고 엮어라.' 학교현장에서는 이른바 학생부종합전형에서 말하는 '전공 적합성'에 대한 해석이 분분하다. 학교에서 진행하는 모든 것들이 전공과 연관성을 지녀야 대입에 더 유리할 거라는 생각에, 과도하게 전공과 학교생활을 엮도록 유도하는 경우가 있다. 당장에 나부터가 전기공학자가 되고 싶어 하는 우리 반 아이와 상담하면서, 전기를 활용해 타인을 돕는 경험을 만들어보자고 말했었다. 학교가 파란색의 농도까지 맞추라고 한다는, 어머니의 말씀이 떠오르는 부분이었다.

학교를 떠난 결정적인 계기가 무엇이냐고 묻자, 라라님은 선생님의 말과 학교의 목표에만 맞추어 나아가고 있는 자신을 깨닫게 되었기 때문이라고 답했다. 학교에서 하는 공부를 다른 방향으로 해보고 싶었다는 것이다. 조금 더 구체적으로 어떻게 공부하는 방향이었냐고 묻자, 학생들이 스스로 주도하에 궁금한 점을 찾고 질문을 하고 원하는 걸 공부할 수 있기를 바란다고 했다. 원하는 책을 읽는 것, 원하는 방향을 찾는 것, 공부라 불리는 것 외에 이른바, 딴짓으로 정의될 듯한 것들을 하고 싶었다고 했다. 앞선 대화 중, 오후에는 '하고 싶은 걸 하는 시간'을 갖는다는 말이 떠올랐다.

라라님에게 '하고 싶은 걸 하는 시간'에 대해 조금 더 자세히 물었다. 라라님은 파티쉐를 꿈꾸며 빵집 아르바이트를 한다기보다는 경제생활을 미리 경험해 보며 사회를 공부하는 쪽에 가까웠다. 특별히 학교에서 배우기 어려운 진로를 꿈꾸는 학생들이 자퇴하는 경우도 있기 때문에, 라라님이 진짜 하고 싶은 게 무엇인지 궁금해졌다. 라라님은 '하고 싶은 걸 하는 시간'에 앞으로 진짜 하고 싶은 일에 무엇인지를 더 안정된 상태에서 찾는 중이었다. 진로를 특정해 무언가를 공부한다기보다는, 어머니와의 상의를 통해 중국어와 한국사, 검정고시 공부를 진행한다고 했다. 그밖에 자유로운 독서나 검색을 통해 진로를 고민하고 있었다. 검정고시 준비를 하고 있긴 하지만 입시 때문에 학교를 떠난 것은 아니며, 대학에 꼭 가야 할지 여전히 고민 중이라고 했다.

학교 안에서 안정감을 갖고 진로를 탐색하는 데 어려움을 겪는 학생들이 많다. 수행평가의 대부분 주제를 전공과 맞추어야만 할 것 같다는 강박이 존재하며, 이는 전공이 정해지지 않은 아이들에게는 큰 압박감으로 다가온다. 물론 실제 학생부종합전형에서는 반드시 전공과 맞지 않더라도 역량 중심으로 평가하도록 유도하고 있지만, 학교 현장에서 이를 수용하는 분위기는 분명 오해가 있다. 이러한 분위기에서 진로를 결정하지 못한 학생은 스스로를 학교 안에서 부유하며 떠다니는 존재라고 여기기 쉽다. 진로를 고민할 시기인 것은 맞지만, 지나치게 일찍 진로를 설정하고 이를 고정하는 분위기는 학생들에게 불안감을 줄 수 있다.

어머니와의 만남

우리가 웃으며 대화하는 사이에, 카페로 어머니가 들어오셨다. 마스크로 가리지 못한 눈매에는 그동안 얼마나 많이 웃고 사셨는지가 드러나는 하회탈 주름이 깊게 패어 있었다. 공교롭게도 어머니는 이날 파란색이 감도는 린넨 자켓을 입고 오셨다. 분명하게 파랗다고 하기에는 아예 다른 색 같기도 하고, 정확히 어떤 색이라고 정의하기 어려운, 묘한 농도의 색이었다. 어머니는 지금은 다른 직종에 계시지만, 이전에 살던 지역에서 어린이집을 운영하시기도 하고, 숲 생태교육 등을 통해 아이들과 만나본 경험이 많은 분이었다.

"사실 라라가 자퇴를 하는 것이 무서웠어요. 그래도 학교 안에서는 보호받고 있지 않나 싶었거든요. 그런데 라라가 생각보다 더 성숙하게 이야기하고 알아보더라고요. 그러고 나서 학교에 찾아가 상담했을 때, 학교에 대한 미련을 버리게 되었습니다."

자퇴 이후 어떻게 더 잘 생활할 수 있을지에 대해 도움을 구하려고 찾아간 학교 면담에서, 어머니는 교감 선생님에게 "지금 보니까 엄마가 문제"라는 이야기를 들었다고 했다. 라라님의 결정을 응원한다는 어머니 말씀에 대한 대답이었다. 그제야 어머니가 그 자리에서 파란색만 보라고 말하는 학교, 심지어는 파란색의 농도까지 맞추라고 하는 학교에 대해 언급한 이유를 알 것 같았다.

어머니는 도움을 원했다고 했다. 교감 선생님과의 상담을 통해 학교를 그만두고도 잘 지낼 수 있는 정보를 얻을 수 있기를 바랐다. 현재는 학생이 자퇴를 하면 그 이후의 삶은 학교 밖의 일이 되고 만다. 사실 교사 입장에서 학교 안에서 해야 할 일들도 산적해 있는 마당에, 학교 밖의 일까지 신경 쓸 수 있는가에 대해 자문해보면, 쉽지 않은 것이 사실이다. 그럼에도 우리 반 아이가 학교를 떠나게 된다면? 이런 상황을 떠올려보고 나니, 이들을 위해 자퇴 이후 생활을 도울 매뉴얼 제공의 필요성을 실감하게 된다.

　라라님은 대학진학에 대해서는 여전히 고민 중이지만, 진학을 마음먹는다면 검정고시 합격이 필요하다는 것을 알고 있었다. 라라님은 스스로 '꿈드림센터'에 문을 두드린 일에 대해 이야기했다. 학교 밖 청소년을 지원하는 센터가 지역별로 여러 곳이 있다는 사실을, 솔직히 이날 처음 알게 되었다. 라라님은 인터넷 검색을 통해 검정고시 준비를 할 수 있고, 몇 가지 진로체험을 할 수 있다는 것을 알게 되어 지역에 있는 꿈드림센터를 방문했다고 한다. 하지만 아쉽게도 구색만 갖춰놓은 듯한 인상을 받아 결국 프로그램에는 참여하지 않았다고 했다. 지역별로 차이가 있지만 꿈드림센터에서는 보통 검정고시까지만 지원되며, 대입에 대한 지원이 이뤄지는 경우는 드문 것으로 보인다.

　검정고시에 합격한 이후에는 대입에서 어떤 전형에 지원할 수 있을까? 확인 결과 수시와 정시 대부분의 전형에 지원할 수 있는 조건이 늘어나고 있었다. 다만 「2021학년도 학생부종합전형 실시 대학 현황」을 살펴보면 148개 대학 중 32곳 (21.6%)이 검정고시 출신의 수시 학종 지원에 대해서는 금지하고 있다고 한다. 올해는 경기대와 한양대가 '고른기회 전형'을 통해 부분적으로 학종 지원이 가능하게 되었고 덕성여대는 학종 지원이 전면 가능하게 바뀌긴 했지만, 국립대인 전남대, 금오공과대, 교통대, 한국해양대 등은 여전히 검정고시생의 학종 지원 자체가 불가능한 것으로 보인다.

이외의 대학도 사실 검정고시생이 학종에 지원 가능하다는 것일 뿐, 합격까지 이뤄진 경우는 매우 드문 것으로 보인다. 검정고시생은 수시의 경우 검정고시 성적에 따라 부여받는 등급별 배점에 의해 '교과 전형'으로 지원하고 있으며, 주로 정시에 지원하는 경우가 더 많다고 한다. 한편 검정고시를 준비하기 위해 학원에 다닐 경우, 주로 학원비를 5~6개월 단위로 한꺼번에 몰아서 내는 경우가 많아 경제적인 부담이 크다고 했다. 대신, 한 번 학원비를 지불하고 나면 원하는 점수가 나올 때까지 계속 다닐 수 있다고 했다.

어머니는 라라가 학교를 떠난 게 열에 여덟은 아쉬운 마음이라고 했다. 그 나이 또래의 아이들과 같은 시절을 공유하며 생활할 수 있는 경험, 이를 포기해야 한 것이 너무나 아쉽다고 했다. 그럼에도 학교에서 불특정 다수의 입시를 위해 짜여진 교육과정에 맞춰 공부하는 일이, 그 시간이 너무 아쉬웠기에 자퇴를 선택할 수밖에 없었다고 했다.

"라라님은 혹시, 학교가 빨주노초파남보, 모든 색을 볼 수 있게 돕는 학교였다면, 학교를 떠나지 않았을까요?"

"네, 그랬을 거 같아요. 저는 학교에서 친구들하고 시간 보내는 것도 좋고, 선생님들하고 대화하는 것도 너무 좋았거든요."

그 말을 듣는 순간, 멍해지고 말았다. 학교에 가면 자기 또래의 아이들을 만날 수 있다. 아이들을 위해 헌신하는 교사들도 분명 존재한다. 하지만 학교는 쉽게 바뀌기 어렵고, 학교를 떠나는 아이들을 점점 늘어나고 있다. 아이들이 학교를 떠나지 않고도 잘 배우는 방법, 하고 싶은 일을 할 수 있는 방법, 자신만의 색깔을 만드는 방법이 무엇일지, 고민은 점점 늘어만 갔다.

파란색만으로 바다를 그릴 수는 없다.

고등학교 3학년 담임과, 자퇴한 학교 밖 청소년, 그리고 학부모가 스승의 날에 만나 자퇴에 대해 이야기 나누었다. 대화를 돌이켜보며, 학교의 본질은 무엇인지에 대해 고민하게 되었다. 1학년 아이들의 담임을 맡았던 3년 전, 우리 반 아이 다섯 명이 상담 도중 자퇴 이야기를 꺼냈다. 나는 이들을 말리기 급급했다. 결과적으로 그들은 모두 자퇴를 하지 않았고, 어떤 아이는 3년간 담임을 맡기도 했다. 그들을 학교에 잡아둔 것이 옳았는지에 대해 확신할 수 없다. 그럼에도 그때의 고민이 이 낯선 만남을 만드는 계기가 되어 주었다. 이 자리에서 나눈 이야기가 더 나은 학교를 만드는 데 도움이 되기를, 자퇴한 청년과 부모에게 도움이 되기를, 자퇴를 희망하는 아이를 만난 교사에게 도움이 되기를, 나도 라라님도 어머니도 진심으로 바랐다.

라라님이 자퇴 전에 학생기자단 신문에 보낸 글의 내용 중 '더 후회없이, 즐거운 삶을 살 자신이 있다'고 적은 문장이 특히 멋져 보였다. 라라님 덕분에 즐거운 삶이라는 건 바로 자신에 대해 충분히 아는 것, 이를 바탕으로 무언가를 스스로 결정하는 데에서 온다는 걸 배울 수 있었다. 아이들의 자기 자신에 대해 충분히 이해하고, 이를 바탕으로 자신의 삶을 결정할 수 있도록 돕는 학교, 그런 학교라면 아이들 본연의 색깔, 교사 본연의 색깔을 다양하게 드러내고, 칠해보고, 섞어볼 수 있을 것만 같다는 생각이 들었다. 파란색만으로 그린 바다는 바다 본연의 색을 낼 수 없을 것이다.

"라라님, 그냥 우리 반 해주면 안 될까요?"

"선생님네 반이요? 저는 고2 나이인데, 선생님은 고3 담임이잖아요.(웃음)"

헤어지는 길에, 우리는 농담을 주고받았다. 물론 라라님이 우리 반 학생이 될 수는 없을 것이다. 하지만 한 명의 교사이자 어른으로서 앞으로 이어질 라라님의 삶을 응원하고 싶었다. 나는 라라님에게 "괜찮다면, 앞으로 라라의 선생님이 될 수 있을까?"라고 물었고, 라라는 활짝 웃으며 "좋아요!"라고 답해주었다. 그렇게 라라님은 라라에서, 내 제자 서진이가 됐다.

서진이는 다음번엔 보라색으로 염색해보고 싶다고 말했다.

고등학교에서 아이들과 함께 국어를 공부하고 있습니다. 절망에 맞서기 위한 해답은 사랑에 있다고 믿습니다. 학교, 수업, 무엇보다 아이들의 모습을 따뜻한 시선으로 기록하고 싶습니다.

학교 밖으로, 사회 안으로 가는 길

스무살 고은님이 걸어가는 길

한여름 평일 오후, 북한산행 지하철의 마지막 정거장에 내렸다. 한적해 보이는 등산용품 가게와 막걸리집이 가득한 거리를 지나 골목으로 들어서자, 조용한 분위기의 상가가 이어졌고, 원목 인테리어의 테라스 카페도 자리해 있었다. 이 근방에 있는 목적지를 찾기 위해 나와 동행인은 주변을 두리번거리며 카페를 지나치려 했는데, 카페 사장님으로 보이는 테이블에 앉아있던 남자분이 다가왔다. "인터뷰하러 오신거죠?" 아늑한 이 카페가 바로, 오늘의 인터뷰이를 소개해줄 동북권역 마을배움터 '숨'이었다.

마을배움터 '숨'은 지역 청소년들이 다양한 직업의 지역주민 (활동가)과 교류하며, 성장과 독립을 위한 교육 활동을 하는 지자체 지원 단체다. <세상의 모든 청년> 프로젝트에 참여하기로 했지만, 연령대도 라이프스타일도 다른 사회 주변부 청소년들은 찾는데 어려움을 느끼던 차에 연결에 연결을 거듭해, 이 마을배움터를 통해 적합한 인터뷰이를 찾을 수 있었다. 하얀 피부, 깔끔한 옷차림, 수줍어 보이는 여자 분이 나와 동행인에게 커피 두 잔을 직접 내려 건넸는데, 그녀가 바로 오늘의 인터뷰이, 고은님이었다. 배움터의 가장 높은 층, 사방으로 바람이 드나드는 공간에서, 얼음을 동동 띄운 아메리카노를 마시며 그녀를 알아가기로 했다.

자퇴라는 평범치 않은 길을 어떻게 선택하게 된 걸까?

그녀가 학교 밖 청소년이라는 얘기를 듣고, 인터뷰 시작 전부터 궁금했다. 나는 한국 사회에서 통계적으로 가장 평범할 삶을 살아왔다. 초등학교부터 대학교를 거쳐 회사원이 된 지 7년 차. 주어진 길 위에서 어떻게 살아남을 수 있을지를 생각하는 것이 관성이고, 주변의 또래 집단이 가는 길을 크게 벗어나는 선택을 하기 어려워하는 평범한 사람이다.

그녀는 나와 얼마나 달라서, 어린 나이에, 모두가 같은 시간에 등교해, 같은 과목을 공부하고, 같은 교복을 입고, 같은 시험을 칠 때, 자퇴를 선택했을까? 길을 벗어나면 막상 스스로 길을 만들어가야 하는 일이 막막하기도 할 텐데, 자퇴라는 선택에 만족할까, 어려움은 없을까? 호기심 반 걱정 반의 마음으로 인터뷰를 시작했다.

"고은님의 삶의 여정을 저와 독자들이 간접 경험한다고 생각하고 이야기해 주실래요?"

갑작스러운 우울증

고은님은 고등학교 1학년 여름쯤 자퇴를 결정했다. 어느 날부터 우울증이 심해졌는데, 창문이 작고 사람들이 많이 모여있는 공간에 들어서면 심리적인 불안감이 더욱 극대화되었다고 한다. 공황장애를 동반하는 우울증인 듯했다. 그녀는 가장 견디기 힘든 장소가 급식실이었다고 했다.

많은 학생이 제때 식사하도록 하기 위해, 보통 학교의 급식실은 넓고 천장이 낮은 한 덩어리 공간에, 적은 개수의 창문이나 있으며, 점심시간 동안 학생들이 빼곡하게 들어차 붐빈다. 불안감을 극대화하는 이 공간에 들어설 수 없어서, 고은님은 점심시간에 밥을 굶거나 집까지 돌아와 밥을 먹곤 했다고 한다. 같은 이유로 등하교 시간에 학생들이 빼곡하게 타는 버스를 타는 것도 힘들었다. 우울감과 불안감 때문에 학교가 더 이상 견딜 수 없는 공간이 되어가자, 선생님, 부모님과의 상담 끝에 자퇴를 결정하게 되었다.

왜 갑자기 그 시기에 우울증이 온 것인지 묻자, 그녀는 자신도 정확한 이유를 모르겠다고 했다. 다만 그전에도 자퇴를 생각했었다는 그녀. 의아한 마음으로 어린 시절의 이야기를 물었다.

초등학교에서부터 자퇴를 생각하다

그녀가 처음 자퇴를 생각한 것은 초등학교 4학년 때다. 같은 반에서 속칭 '노는 애들'로 분류할 수 있는 그룹이 있었는데, 그들 중 한 명이 그녀에게 다가와 시시때때로 귓불을 잡아당겼다. 사소하지만 기분 나쁜 장난은 한두 번이 아니라 매일같이 반복되었다. 그녀는 불쾌감을 표시하면서도 참고 넘어가려 했다. 하지만 그 친구는 4, 5, 6학년이 되도록 계속 같은 반이 되어 그녀를 괴롭혔다. 선생님께 말해봤지만 교사가 나서서 제지할 정도의 큰 사건이나 사고로 생각되지 않았던 것인지 별다른 변화는 없었다고 한다. 매일 작은 괴롭힘이 반복되는 나날. 그녀는 어린 시절을 남 일처럼 담담하게 말했지만, 그렇게 무뎌지기까지 많은 날을 곱씹어 본 듯한 쓸쓸한 미소를 지었다.

　학교폭력이 사회적 이슈가 되고 있지만, 이렇듯 신고되지 않고, 당사자의 마음에만 기록된 학교폭력 사건은 얼마나 많을까? 통계를 찾아보니, 우선 스스로 학교폭력을 경험했다고 인식하고 있는 초중고 학생이 전체의 1.1%를 차지하고 있었다. 초등학생만 보면 통계치는 더 올라가 2.5%가 되는데, 국내 270만 초등학생 중 7만여 명이 고은님처럼 학교와 인간관계에 대한 트라우마를 안고 살아가고 있는 셈이다.[*]

눈앞에 보이는 하나의 선택지

다행히 중학교에 진학하면서 고은님은 가해자와 다른 학교에서 생활할 수 있었다. 하지만 중학교에서는 예상치 못한 또 다른 종류의 어려움이 있었다. 또래 남자아이들이 여자아이들의 외모를 대놓고 품평하는 문화가 만연했던 것이다. 외모를 잣대로 사람의 가치를 정의하고, 그에 따라 무시하거나 대우하는 환경에서는, 뛰어난 외모 혹은 그만한 자존감이 아직 세워지지 않은 학생들은 움츠러들었다.

---

[*] 교육부, 「2021년 1차 학교폭력 실태조사」, 2021.

고은님은 "무서웠어요"라고 표현했다. 또래 여자들을 평가하는 말을 면전에서 듣고 나면, 그들이 자신에 대해서는 무슨 얘기를 할지 부정적 상상이 그녀의 머리를 가득 채웠을 것이다. 동급생의 절반에게 두려움이라는 감정을 느끼며, 그녀는 중학교 3년을 보내고, 고등학교에 진학했다.

고등학교는 여학교였기에, 이제까지 겪어온 문제가 모두 해결되었다고 생각했다. 그런데 그때 우울증이 시작되었다고 한다. 아마 학교라는 환경에서 누적된 스트레스가 고등학교 입시 스트레스와 맞물리면서, 그녀의 정신적인 체력이 떨어지게 된 것은 아닐지 짐작했다. 더 이상 학교에 다닐 수 없다고 생각한 그녀는 고민 끝에 가까운 친오빠와 이야기를 나눴다. 그리고 자신의 의견을 존중해준 부모님과 부정적으로 바라보는 선생님과의 상담을 모두 거쳐 자퇴 수순을 밟았다고 한다.

우울증으로 정상적인 학업 생활이 어려워지면 자퇴의 길밖에 없는 걸까? 현행제도에서는 학생이 정신적 어려움을 이유로 학교 수업의 수강 형태를 바꾸거나 결석을 신청할 수 없다. 주어진 선택지는 대안학교로의 위탁, 휴학, 자퇴 정도의 극단적인 방식이다. 이 중 대안학교라는 새로운 환경에 적응하는 것이나, 휴학 후 속칭 '1년 꿇고' 학교에 다니는 것이 싫다면, 자퇴 후 혼자 검정고시를 보는 것이 최선의 생존법처럼 느껴질 수 있다. 그녀는 자퇴를 선택했다.

처음 만난 사람이 그녀를 바라보는 방식

자퇴 후 어려운 점은 없었는지 물었다. 오랫동안 묵혀온 불만이 반사적으로 나올 줄 알았는데, 그녀는 기억을 찬찬히 더듬다가 대답을 시작했다. 자퇴에 대해서 사람들이 편견이 있다는 것을 느낀 때가 두 번 정도 있었다고 한다. 남자친구의 부모님이 교제를 알았을 때, 그리고 아르바이트를 구하던 때다.

자퇴 후에 만난 이성 친구가 있었는데, 그 친구의 부모님이 다른 것보다도 '자퇴생'이라는 이유로 그녀를 싫어한다는 것을 전해 들었다고 한다. 그 친구와는 인연이 더 길어지진 않았지만, 그녀는 "그때는 좀 그랬다"고, 멍들었을 당시의 마음을 에둘러 표현했다.

아르바이트를 구할 때는, 사장님들의 시선을 통해 우울증과 자퇴생을 바라보는 사회의 시선을 느낄 수 있었다. 그녀는 우울증 치료가 끝난 후 경제적 자립을 위해 아르바이트를 구하기 시작했는데, 면접을 7~8군데 봐도 합격한 곳이 없었다. 아르바이트 면접 자리에서는 '왜 자퇴를 했는지'에 대해 꼭 질문이 들어왔고, 그때마다 그녀는 과거에 우울증이 있었으며 지금은 괜찮다는 설명을 덧붙였는데, 대답에 대한 면접관의 표정이 좋지 않은 것이 느껴졌다고 한다. 면접의 결과에는 여러 이유가 작용했겠지만, 면접 자리에서 비슷한 경험을 반복하고 나면, 우울증과 자퇴라는 꼬리표가 아르바이트 자리를 구하는 데 장애가 된다고 해석하지 않을 수 없었다.

최근 취업 시장이 정말 어려운 상황인 만큼, 그녀도 취업에 어려움을 겪고 있으리라 내심 걱정했다. 내가 소속된 회사의 신입사원만 봐도 그 수는 눈에 띄게 줄어들고, 스펙은 회사 평균보다 높아지는 추세에 있었다. 하지만 아르바이트 자리라면 수요도 많고, '일머리, 성실함, 타인을 대하는 태도' 정도가 중요하니, 첫인상에 똑 부러지고 배려심 많아 보이는 그녀에게 어려운 일이 아니리라 생각했는데 의외였다. 차별받지 않는 사회의 가장 기본 전제가 기회의 평등이라고 한다면, 그녀에게도 아주 작은 시작에서 능력을 증명할 기회가 필요했다.

사회의 입구를 찾아서

고은님은 다행스럽게도 첫 직장을 찾았다. 아르바이트를 구하지 못하고 있을 때, 그녀는 친구를 통해 마을배움터와 연결되었고, 이곳에서 활동하던 중 청년인턴 일자리를 제안받았다. 온라인 마케팅 자료 작성 등 업무를 배우기 시작한 지 이제 한 달이 조금 넘었다고 했다. 첫 월급으로 집안 살림에 돈을 보태고 혼자 맛있는 것도 사 먹었다며 웃는 그녀, 내 몫의 벌이를 하며 독립의 맛을 경험한 듯한 그녀의 모습에, 덩달아 기분이 좋았다.

　다른 학교 밖 청소년들은 학업 혹은 취업을 잘하고 있을까? 그들의 진로에 대한 추적 통계 자료는 부족하다. 다만 학교 밖 청소년 수가 증가함에 따라, 정부에서도 꿈드림, 친구랑 센터, 청소년 쉼터 등의 지원 기관을 통해, 학업/취업 교육프로그램, 자립지원금 등의 다양한 지원책을 마련하고 있다. 다만 상근 직원 한 명당 학교 밖 청소년 수가 70명에 이를 정도로 아직 수요 대비 공급은 부족한 상황이다.[**]

　고은님은 운이 좋은 편이었다. 마을배움터라는 이 특수한 직장은, 그녀에게 네 번째 학교이자 사회의 입구가 되어줄 듯했다. 또래 나이의 직원들, 선생님 역할을 하는 지역주민 '활동가들', 교육적인 목적의 '사회참여 프로젝트'를 한다는 점은 학교와 닮아 있었다. 지자체 지원을 받기 위해 실용적인 성과를 만들어야 한다는 점에서는 회사와 가까웠다. 마을배움터를 거치고 나면, 다음 일자리를 구하기도 조금 더 수월할 것이다.

　한 해 학교 밖으로 떠나는 청소년은 약 5만여 명 (2019년 기준 52,539명).[***] 그녀의 이야기 덕분에 자퇴가 특이한 사람의 특이한

[**] 윤철경, 「학교 밖 청소년 진로지원 정책현안」, 『학교 밖 청소년 취업 및 자립지원 방안』, 한국청소년정책연구원, 2020.

[***] 한국교육개발원, 「학업중단학생 현황 통계」, 2021.

선택이 아니라, 누구나 자연스럽게 흐를 수 있는 하나의 길일 수 있다고, 다시 한번 인지할 수 있었다. 그 길에는 내가 아는 것보다 더 높은 벽과 더 작고 적은 입구들이 있고, 그 길을 닦기 위한 시민단체와 지자체의 노력이 어디에선가 이루어지고 있음을, 또 그 일에는 더 많은 관심과 지원이 필요함을 알게 되었다. 한 명의 청년이자, <세상의 모든 청년>인 그녀의 이야기가 나를 너머, 더 많은 사람에게 전해지기를, 이 글을 쓰며 바라본다.

김시영

'글을 쓰는데 삶을 더 쓰고 싶다' 생각하면서도, 회사 일에 바쁜 직장인입니다. 그래도 이번에 <세상의 모든 청년> 프로젝트에 참여했습니다.

유예된 자들의 봄

청춘青春과 난춘亂春

사랑한다는 것과 완전히 무너진다는 것이 같은 말이었을 때

솔직히 말하자면 아프지 않고 멀쩡한 생을 남몰래 흠모했을 때

그러니까 말하자면 너무너무 살고 싶어서 그냥 콱 죽어버리고
싶었을 때

그때 꽃피는 푸르른 봄이라는 일생에 단 한 번뿐이라는

청춘이라는

심보선, 「청춘」 中

푸르른 봄, 청춘은 젊음과 동의어일까? 어느 순간부터 그런 질문을 던져보고는 했다. 흔히 상상하는 자유로운 청춘의 이미지와, 멍든 복숭아처럼 진물을 흘리는 우리네 삶이 정말 같은 것인지 불쑥불쑥 의문이 찾아왔던 탓이다. 찌뿌듯한 어깨를 펴는 게 고작인 어두운 공간에서 하루를 보내는 젊음은, 사람들의 시야에서 밀려나 청춘의 바깥으로 떠밀린 게 아닐까.

출발선에 서기까지가,

수험생이라는 존재는 참 흔하다. 당장 나만 해도 2년 전까지 대학 입시를 준비하던 수험생이었고, 주변에는 여전히 입시를 준비하는 친구들이 있다. 그런 우리에게 '올 한 해는 없는 셈 치고 공부하자'라는 말과, '이번에 붙지 않으면 안 된다'는 절박한 다짐은 참 익숙하다. 그런데 이런 절박하고 아픈 말들이 익숙하다는 건, 분명 이상해야 하는 일임이 틀림없다. '아프지 않은 멀쩡한 생'이 당연한 게 아니라, 이뤄내야만 하는 것이 된다는 점에서 그러하다.

계절의 봄은 매년 자연스레 찾아오는데, 삶의 봄은 언제부터 '성취해야 하는 것'이 되었나? 너무나도 살고 싶은 이들이, 왜 삶을 위해 죽고 싶을 만큼 힘들어야 하는가? 일생에 단 한

번뿐이라는 청춘은 누군가에게는 시원한 푸른빛일지 모르나, 누군가에게는 시퍼런 멍으로 얼룩진 것일지 모른다.

인터뷰를 위해 만난 친구의 얼굴은 살이 조금 빠져있었다. 너는 여전히 우리가 고등학교 3년을 보낸 작은 동네에서 입시를 준비하고 있었고, 서울에 올라가 생활하던 나는 너를 만나러 부산으로 내려왔다. "오랜만이야!" 크게 외치며 반갑게 껴안은 우리는, 간혹 들르던 떡볶이집에 들어가서 수다를 떨었다.

하얀 원피스를 입고 염색한 머리를 길게 늘어뜨린 나는 대학에서 있었던 일들을, 검은 트레이닝복을 입고 머리를 하나로 묶은 너는 인강 강사가 늘어놓았던 우스운 썰을 이야기하며 깔깔거렸다. 그러면서도 한편으로는 어딘가 이질적인 분위기가 맴돌았다. 밥을 다 먹은 후 해야 하는 이야기를 서로 알고 있기 때문이었을 것이다. 식사를 마친 우리는 곧 약간은 어색하게, 그렇지만 아무렇지 않은 양 이야기를 시작했다.

말을 하는 동안 단어를 고르는 게 어려웠다. 혹여 섬세하지 못한 말이 네 기분을 가라앉힐까 하는 염려로 목이 탔다. 아마 처음 우리가 만났을 때, 너와 나의 옷차림이 달랐을 때부터 시작된 조급함이었을 테다. 너는 삼수를 하면서 느껴온 것들을 담담히 얘기하기 시작했다. 공부를 곧잘 했기에 어릴 적부터 대학입시를 목표로 공부했고, 집에서는 간섭하지 않아도 알아서 잘하는 딸로 살아왔다고. 그러다가 고3이 채 끝나기도 전에 재수를 결심했고, 1년간 기숙학원에서 공부를 하다가, 준비한 만큼의 성적이 나오지 않아서 올해는 집에서 세 번째 시험 준비를 하는 중이라고 설명했다.

차근히 말을 하는 너의 표정은 단단해 보이기도, 한편으로는 피로해 보이기도 했다. 혹은 아무렇지 않은 듯이 가면을 쓰고 있는 것처럼 보이기도 했다. 올해로 내가 스물하나가 되고, 우리는 초등학교 5학년에 처음 만났으니, 우리에게는 함께해온 10년의 시간이 존재한다. 그런데 이야기를 하는 너의 표정이, 왠지 모르게 낯설게 느껴졌다.

"인간 체력의 한계를 시험하는 것 같았어. 6시에 일어나서 씻고, 밥을 먹은 뒤에 8시에 강의실에서 출석체크를 하거든? 그러고 수업을 시작하는데, 아침 8시부터 밤 10시 반까지 계속 수업을 해. 하루가 억겁처럼 긴데, 눈떠보면 한 달씩 지나있더라."

네가 털어놓는 재수학원에서의 1년이 낯설었던 건지, 위로 당겨진 채 파르르 떨리는 입꼬리 위로 생기를 꺼뜨린 눈을 하던 네 표정이 낯설었던 것인지 모르겠다. 숙제를 못하면 다음 수업에 지장이 가니까, 오한에 시달리고 눈이 가물거리는데도 자리에 꼿꼿이 앉아서 수학 문제를 풀었다는 너의 말이 아득했다.

"내가 좀 아프다는 이유로 이 하루를 날리면 우리 엄마 아빠 돈을 날리는 거잖아. 무리해서 왔는데, 돈을 버린다는 압박감 때문에라도 해야만 했어. 그렇게 열심히 했는데, 그래도 모자랐던 거야…… 이러다가는 내가 이 신분으로 계속 남는 게 아닐까? 하는 불안감 때문에 숨이 막히더라."

별것 아닌 양 말을 하던 너는, 어느 순간부터 훌쩍이기 시작했다.

"하루는 누가 봐도 내가 아픈 것 같은 거야. 정신과 진료를 받아야 할 것 같은데 도저히, 말을 못 하겠더라고. 강박장애랑 외상후스트레스장애, 우울증이 겹쳐서 터졌던 것 같아. 매일 죽고 싶다는 생각을 했어."

아득하게 느껴지는 이야기들이었지만 분명 낯설지 않았다. 강박적으로 공부하고, 밑도 끝도 없이 우울해지는 감각들은 모를래야 모를 수가 없는 것들이었다. 나 역시 같은 생활을 했었고, 우리 주변의 많은 친구들이 모두 그 길을 걸었기 때문이다. 간혹 보이던 어느 어두운 계단에서 혼자 울고 있던 친구의 뒷모습이나, 낙담한 얼굴로 입시 상담실 문을 닫고 나오던 같은 반친구의 얼굴, 밤늦게 야자를 마치고 꾸역꾸역 졸린 눈을 붙든

채 학원으로 발걸음을 옮기던 친구들. 전혀 낯설지 않은 것들이
었다.

너는 너의 아픔이 '터졌'다고 말했다. 네 말 위에, 이야기를
하다가 눈물이 터진 너의 모습이 겹쳐 보였다. '노력하다 보면
언젠가는 꿈을 이룰' 거라는 기대 하나로 마음에, 숨통에, 수백
일 동안 차곡차곡 쌓여왔을 생채기는, '꿈'이 좌절되었을 때 터
졌을 것을 안다. 아니, 사실 상처는 꿈이 좌절됐을 때 터진 게
아니라, 어쩌면 매 순간 조금씩 곪고, 터지고, 그 위에 또 다른
상처가 새겨지는 과정을 반복해왔을지 모른다.

어릴 때부터 늘 의사가 되고 싶다고 말해온 너를 기억한다.
인력이 부족한 외상외과나 흉부외과에 가서, 좋은 의사가 되고
싶다던 네 모습을 안다. 그렇지만 인간 신체에 대해 막힘없이
설명하는 네 모습은, 수능에서는 소용이 없었다. 의사라는 꿈을
위한 레이스가 아니라, 예선 경기의 출발선에조차 서지 못하는
상황이 좌절스러웠다고 너는 이야기했다. 국가고시도 아닌, 수
능 점수의 미세한 차이가 너의 꿈을 번번이 무너뜨렸다. 경기장
이 아니라, 경기를 위한 출발선에 서기 위해 너는 땀은커녕 눈
물조차 닦지 못한 채 오래도록 뜀박질을 하고 있었다.

어디를, 어디를 향해야

'노력해서 합격하면 그만'이라는 말 아래, '누구나 치르는 것들'이라는 전제 아래 압사되는 삶이 있다. '죽도록' 노력할 것을 요구하는 사회는 어떤 사회인가? 친구는 기숙학원 사람들 중, 고등학교 1학년 때 생각만큼의 성적을 받지 못하자 곧장 자퇴를 하고 학원에 들어와 몇 년씩 공부하는 사람들이 있다고 했다. 그들에게 고등학교란 학생으로서 생활하고 타인과 교류하는 공간이 아니라, 온전히 시험의 예비과정으로서의 도구적 공간이었을 것이다. 성년이 되지도 못한 구성원들에게 그런 선택을 하게 만드는 사회는, 과연 안전한 사회인가?

현재 근로기준법상 평일 근무는 1일 8시간, 주당 총 40시간이며, 연장 근무를 포함하여 52시간을 초과할 수 없다. 그렇다면 고등학생이 일주일 동안 책상 앞에 앉아있는 시간은 얼마나 될까? 학교마다 차이는 있겠으나, 대다수의 고등학생은 8시부터 22시까지 기본적으로 14시간 동안 학교에 머무른다. 그중 밥 먹는 시간, 쉬는 시간을 제하면 약 11시간을 수업과 자습으로 보내게 된다. 이미 일일 근로시간인 8시간을 훌쩍 넘긴다. 그러나 여기서 그치는가? 한국의 고등학생은 밤 10시에 학교를 나와 휴식을 위해 발걸음을 옮기지 않는다. 학원과 독서실은 '야간근무'이고, 주말은 밀린 공부를 처리하는 '잔업처리'의 날과 다름없다. 더욱 불안하고 더욱 절박한 n수생들에게 이 현실은 훨씬 가혹하게 작동한다.

'당연함' 앞에 안전장치는 필요없는 것으로 여겨진다. 한국청소년정책연구원에서 발표한 「아동·청소년인권실태조사」 결과를 살펴보면 고교생의 약 70%가 수면시간의 부족을 호소했고, 약 35%가 일주일에 운동을 한 횟수가 1회도 되지 않는다고 답했다. 더불어 전체 청소년의 약 66%가 자살을 생각해본 경험이 있다고 답했다. 인간으로서 누려 마땅한 자율이 한치도 허용되지 않는 것이 이렇게나 비정상적인데, 그 사실은 참 쉽게도 잊힌다. 수험생에게는 아주 작은 일, 이를테면 따사로운 햇볕을 즐기는 일, 밥을 먹느라 한 시간을 쓰는 일, 친구와 이야기를 나누는 일들이 모두 죄책감을 느껴야 할 일이 된다. 그런 자기감시적 억압은 '당연한' 것이 되고, 견뎌내지 못한 이는 나약하다고 매도된다.

'당연하지 않은 당연함'을 마주할 때마다 도무지 무슨 말을 해야 할지 모르겠다. 우리 사회에서 살아가는 이들은 누구나 한 번쯤은 시험을 준비하는 상황에 놓인다. 그리고 그때의 긴장과 고통은 시간 속에 잊힌다. 대부분이 겪어보았을 고통은 '대부분이 겪기 때문에' 평가절하당하고, 사람들의 무관심 속에 변화는 요원해진다.

크게 뭉뚱그려 학생들이 하루에 12시간 정도를 공부한다고 이야기해보자. 그렇게 꼼짝없이 앉아 공부하는 고등학생들에게 들이밀어지는 것은, '18시간 공부법' 따위를 설파하는 책이다. 책의 저자를 탓하는 것은 아니다. 그러나 그런 책은 우리 사회 교육의 현주소를 너무 명백히 드러내고 있다. 모두에게 일률적으로 요구되는 수단적 문제풀이에 오랜 시간을 쓰는 것을 미덕 삼는 것, 그것을 학생의 주체성과 자율성 따위로 치환하는 것, 경쟁하지 않는 학생은 목마르지 않은 이가 되는 것. 그리하여 모든 책임은 그를 견디지 못한 학생 개인의 탓이 되는 게 우리 사회의 실태이다. 아픔을 견디고 입시에 올인 all-in하는 게 미덕인 사회에서, 배우고 익히는 학습學習은 과연 우리에게 유효한 개념일까.

그러나 그 앞에서 목소리를 낼 수 있는 이들이 얼마나 될까. 누군가 들어주지 않는 소리는, 튀어나오지 못한 채 도로 삼켜지기 십상이다. 목에 생채기를 내가면서 뱉어내 봤자 아무도 들어주지 않는다면, 차라리 꾸역꾸역 삼켜내며 그 시간이 지나가기만을 빌게 된다. 그렇게 유예되고, 소거되고, 목소리를 잃어버리게 된다. 듣는 이가 없다면 말하는 사람은 점점 말하는 것을 포기하게 된다. 아프다고 말했을 때 아무도 관심을 가져주지 않는다면, 상처는 방치되어 그대로 곪아버린다. 그리고 상처가 난 자리에 반창고를 붙이는 건 오롯이 자신의 몫으로 남는다.

보이지 않는 이들

너는 네 존재가 '쓸모를 잃어버렸다'고 이야기했다. 네가 학원 생활을 할 때 자주 연락을 했었는데도, 그런 이야기를 들은 건 처음이었다. 네가 그런 말을 꺼내는 게 처음이었기 때문이다. 엄마에게도, 친한 친구에게도, 누구에게도 털어놓을 수 없었다던 이야기에 덩달아 목이 막혔다.

이렇게 콕 집어 질문받지 않았다면, 아무도 너에게 물어봐 주지 않았다면, 너의 이야기는 한 번도 말해지지 못한 채 너만이 아는 이야기로 남았겠구나. 네 속에 갇혀서, 오래도록 응어리로 남았겠구나. 불면증이 생겨서 수면유도제를 처방받고, 허구한 날 위경련에 시달림에도 앉아서 공부하고, 우울증으로 깊이 침잠했을 너의 시간들은 마치 없었던 것처럼 잊혔을 것이다. 세월이 지난 후 고난의 트로피처럼 옛이야기로 등장할 수 있다면 다행일까.

존재할 자리를 부여받지 못한 이들은 '완성태가 되기 위한' 잠재태로서만 존재한다. 우리나라에서 n수생을 위한 자리는 없다. 김현경의 『사람, 장소, 환대』에서는 인간이 인간으로 태어나서 사람이 되기 위해서 몇 가지 조건이 필요하다고 이야기한다. 사회가 그의 이름을 부르고, 그를 위해서 장소를 마련하고, 그를 환대할 때 비로소 인간은 '사람'이 되는 것이다.

그러나 우리 사회에서 수험생들을 위해 마련된 자리는 고작해야 좁은 독서실이다. 그나마도 환대의 자리로서가 아니라, 사용료를 지불해야 하는 상업적 공간에 불과하다. 존재하되 보이지 않는 이들의 자리는 이곳에 없으며, '언젠가 사람이 될 존재'로써 기약 없이 유예된다.

우리나라의 청년 자살률이 OECD 국가 중 최상위권이라는 건 이미 누구나 알 법한 사실이다. 이제는 자극적인 관심을 그러모으는 데만 집중하는 게 아니라, 그 이유가 되는 작은 이야기들에 귀 기울이고 해결하는 것부터 시작해야 한다. 근로기준법에서 정한 노동시간보다도 훨씬 긴 학업 시간, 충분히 주어지지 않는 여가, 부족한 수면과 더해지는 피로, 누구도 신경 쓰지 않는 정신건강에 대해 이야기해야 한다. 정신과에 혼자서 진료를 받으러 갈 수는 있어도 약을 처방받으려면 보호자의 동행이 있어야 한다는 점이 이야기되어야 하며, 우울을 치료하는 것은 더욱 요원한 일이 된다는 것을 이야기해야 한다. 더 나아가 그들을 아프게 하는 이 사회의 구조를 다시금 생각해보아야 한다. 이런 문제들을 인지하고, 이야기하고, 나아가 해결을 위한 논의를 시작해야 한다. 그래야만 보이지 않는 이들을 보이게 할 수 있고, 그들을 환대하기 위한 자리를 마련할 수 있기 때문이다.

청춘과 난춘

오 그대여 부서지지 마

바람 새는 창틀에 넌 추워지지 마

이리와 나를 꼭 안자

오늘을 살아내고 우리 내일로 가자

새소년, '난춘亂春' 中

봄은 자살률이 가장 높은 계절이라고 한다. 어떤 이들의 청춘靑春은 삶과 죽음의 경계에서 방황하는, 그야말로 혼돈의 봄亂春일지 모른다. 가늠할 수 없는 아픔을 겪고 있는 이 앞에서 그마저도 삶이니 사랑하라고 말할 수는 없다.

이 글을 쓰는 것이 무척이나 어려웠다. 몇 달간 글을 잡고 있으면서도 도무지 어떤 말을 해야 할지 알 수 없었다. 분노해야 할지, 위로해야 할지, 건조하게 기록해야 할지, 갈피를 잡지 못한 말들이 머리를 어지럽혔다. 그 이유는, 솔직하게 말해서 나부터도 이 문제의 답을 모르기 때문이었다. 정확히는 이 문제에서 자유로울 수 없다고 말하는 게 옳을 것이다.

오늘날 '무엇을 준비하는 이들' 중 머리를 싸매지 않는 사람들이 몇이나 되겠는가? 나 역시 밥벌이를 위한 준비를 곧 시작할 테고, 아마 2년쯤 후면 다시금 시험을 준비해야 하는 상황에 있을 것이다. 그러니까, 나도 아직 답을 몰라서, 울고 있는 네 앞에서 할 수 있었던 것이라곤 무력하게 같이 울음을 흘려내는 것밖에 없어 비참했다. 너에게 힘이 되어줄 수 없는 게 서글펐고, 우리가 함께 겪은 일이기에 공감이 되어 서러웠고, 또 나도 언젠가 그 길을 걸어야 한다는 게 무서웠다.

수많은 청년들의 봄을 앗아가는 세상 앞에서, 이야기를 하던 너도, 그 이야기를 쓰는 나도 답을 모른다. 언젠가는 어른들이 이 상황을 해결해주기를 바랐던 때도 있었던 것 같다. 그렇지만 어느새 성인이 된 나도 마땅한 답을 내놓지 못하는 건 매한가지다. 그러나 하나의 방향을 이야기할 수는 있다.

유예된 이들이 있을 '자리'를 만들어야 한다. 그리함으로써 그들이 아픔을 내보일 수 있게 하고, 나아가 아프지 않을 수 있도록 해야 한다. 합격해야지만 환대받을 수 있는 사회가 아니라. 존재 그 자체로 환대하고 자리를 내어주는 사회가 오기를 바란다. '언젠가 사람이 될 존재'가 아니라, 우리 곁에 이미 사람으로 존재하는 그들을 '볼 줄 알아야' 할 것이다. 푸르른 봄은, 그때가 되어서야 우리 곁에 찾아올 것이다.

박정민

이제 갓 스물둘이 된 사회학도입니다. 슬픔이 슬픔으로만 남지 않고, 길이 되기를 바라며 세상을 바라봅니다. 말의 주인이 듣는 이이고, 글의 주인이 읽는 이라면, 누군가 들어주지 않는 말과 읽어주지 않는 글에는 어떤 의미가 있을까요? 세상을 듣고, 읽고, 기록하는 길에 우리가 함께 존재하기를 바랍니다. 모두 따뜻한 겨울 나시기 바랍니다.

윤지를 보내며

다시 만나다

퇴직 후 오랜만에 윤지를 만난 곳은 아파트 단지 안에 조성된 벤치였다. 그녀는 휴학생 시절 잠시 내가 운영하는 카페에서 아르바이트를 했었고, 대학을 졸업하고 다시 카페로 돌아와 정규직으로 일했다. 작년에 창업을 위해 퇴직할 계획이었지만, 코로나 때문에 예정보다 더 오래 우리 공간에 머물렀다. 그러나 최근 여러 가지 사정이 겹쳐서 결국 직원 생활을 마무리하게 됐다. 그 뒤로 어느 정도의 시간이 흘렀다.

간만에 보는 그녀는 자유로운 시간 덕분인지 표정에 여유가 넘쳐 보였다. 초가을 저녁 바람이 쌀쌀한지 부드러운 카디건을 걸치고 있었다. 나는 윤지가 늘 마시던 카푸치노가 아니라, 두 딸을 위해서 가방에 넣고 다니는 생수 한 병을 건넸다.

만나기 전에, 그녀를 어떤 청년으로 규정할 수 있을까, 한참을 생각했었다. 어느 날 문득 품은 꿈을 이루기 위해서 학교에 다녔지만 결국 제대로 된 직장을 잡지 못하는 청년으로 다루어야 할지, 그런 상황에서도 남몰래 꾸준히 음악을 하는 청년예술가로 보아야 할지, 고민되었다. 그런 걱정을 뒤로하고 조심스럽게 첫 번째 질문을 던졌다.

그녀의 학창 시절

"윤지 씨 학창 시절 이야기 들어 볼 수 있을까요?" 그녀는 수줍게 웃으면 작은 목소리로 조곤조곤 이야기를 시작했다.

"하고 싶은 것이 생기면 깊게 빠졌어요. 덕분에 흥미가 생기는 과목은 성적이 괜찮았는데, 반대의 경우에도 극단적이었던지 그렇지 않은 과목은 교무실에 불려갈 정도로 불량한 태도로 대하곤 했어요. 다른 새벽들엔 음악 방송을 하고, 어딜 가든 아이팟을 챙겨 다니며 늘 귀에 꽂고 다녔어요. 어느 날 우연히 본

다큐멘터리 덕분에 패션 디자이너가 되고 싶다는 뜻을 가지게 되었는데, 그 후로는 제 사물함엔 교과서나 문제집 대신 여러 국가의 패션 잡지들로 가득했어요."

"대학교 시절도 듣고 싶은데…"

"목표로 삼은 대로 의상 디자인학과에 진학은 했는데, 꿈을 오랫동안 품고만 있다 보니 환상만 짙어졌는지 현실에 적응하기가 힘들었어요. 시작도 하기 전에 관심이 떨어지기 시작했어요. 탄탄하지 못했던 꿈이었나 봐요. 제 기질은 고등학교 때와 크게 달라지지 않았고, 다른 관심사에 빠진 학기에는 학사 경고를 받을 정도로 성적이 형편없었어요."

"……."

"물론 그 반대로, 듣고 싶은 과목의 수강 신청이 잘 된 학기에는 수석을 하고 장학금을 받을 정도로 공부에 열중했어요. 동기들이 의상 작업실에서 시간을 보낼 때, 저는 도서관으로 숨고 동아리 방으로 튀어서 책을 읽거나 기타를 치면서 학기를 지냈어요. 그러다 보니 중·고등학생 시절 동경하는 마음으로 키운 꿈만이 내 가슴을 뛰게 하는 건 아니라는 걸 알게 되었어요. 노

천극장 무대에 오르고, 호프집에서 기타를 치고, 축제가 열리는 공원에서 거리 공연을, 양로원의 어르신들 앞에서 마이크를 잡기도 했어요. 재봉틀과 함께 하는 야간작업보다, 동아리방에서 악기들을 만지며 밤을 보내는 일이 잦았어요.

인턴십에 참여해 디자인실에 출퇴근하게 되었지만, 나를 설레게 하는 경험을 해서일까요. 학창 시절에 꾸었던 꿈은 어느새 흐려졌던 것 같아요. 생각해보면 미래를 그리는 일에 굉장히 감성적으로 접근했던 것 같기도 하고요. 졸업 후에는 취업에 대한 걱정은 접어두고 배낭여행을 했습니다."

학교를 졸업하긴 했지만

그러고 보면, 윤지는 처음 아르바이트를 그만둔 뒤에도 종종 카페를 찾아오곤 했다. 오면 그냥 오는 것이 아니라 늘 무엇인가를 들고 왔다. 어떤 오후에는 꽃을 사 오기도 했고, 조각 케이크를 사서 오기도 했다. 또 어떤 날은 이국의 향기가 물씬 풍기는 엽서라든지, 핸드크림 같은 것을 사 왔다. 그런 모습을 보면서, 조금이라도 여유 있는 급여를 줄 수 있다면 다시 카페로 불러야지 하고, 혼자 생각하곤 했었다.

졸업 후 김해에서 일자리를 찾는다는 것을 알게 되었을 때

시기가 맞았다. 그때 마침 일하던 바리스타가 창업을 준비해야 하는 상황이었다. 혹시나 하는 마음에 그녀에게 연락했고, 그녀는 받아들였다. 그렇게 다시 우리 카페에서 일하게 되었다. 그 이후 그녀는 이 공간에서 커피를 만들고, 한가하면 책을 읽고, 틈틈이 여행을 다녔다. 또 어떤 날은 노래를 불렀다. 일하면서 흥얼거리는 노래가 아니라, 작은 무대에서 노래를 불렀다. 그때는 박근혜 전 대통령의 탄핵 정국이었고, 우리 카페 거리의 상인들도 작은 촛불 집회를 기획했었다.

유독 추웠던 날이었다. 그녀는 작은 앰프에 반주를 틀어놓고, 카페테라스를 무대 삼아서 '걱정 말아요 그대'를 불렀다. 카페 거리에는 제법 많은 사람이 모여들었지만, 그녀는 하나도 떨지 않고 담담히 노래를 불렀다. 여린 목소리였지만, 누구도 따라부를 수 없을 만큼 짙은 호소력이 느껴졌다. 거리의 사람은 홀린 듯 그녀의 목소리에 집중했고, 노래가 끝날 무렵이 되어서 반복되는 후렴구를 그녀의 리듬에 맞추어서 작은 목소리로 함께 불렀다.

"카페에서 일했던 보람, 그리고 이후의 계획을 듣고 싶어요."

"손님들이 웃으면 좋죠. 커피가 아니라 저 때문에 들렀다고 해주는 것도 고맙고요. 사람들을 대하는 데에도 노련해진 구석이 생겼어요. 오랜 시간 한곳에 머무르다 보니 손님들이랑 공유하는 것들이 늘었는데, 직원 대 손님이 아니라 사람 대 사람으로서의 소통이 늘어날 때 가슴이 따뜻해지곤 했어요. 힘든 점은, 좋지 않은 감정이 마음을 채울 때 숨을 곳이 없다는 것이라고 해야 할까요.

하나부터 열까지 제 손이 닿은 공간을 만들고 싶다는 생각을 하고 있어요. 그곳에 방문하는 사람들이 또 웃어주면 그때는 기분이 전보다 조금 더 좋겠죠. 그 밖에도, 설렘을 다시 한번 떠올려보고 싶어서, 하고 싶었는데 미뤄왔던 일들에 관심을 줘보려고요. 사진이나, 음악, 글쓰기 같은 것들이요. 언제나 낭만을 뒤로할 수가 없을 것 같아요."

"이번에도 서울에서 앨범 작업을 하고 왔잖아요. 이미 애플 뮤직에 등록된 <시절, 인연>이라는 음반이 있기도 하고요. 음악에 대한 이야기 듣고 싶어요."

"커피 한 잔을 내릴 때도, 강도 높은 운동을 할 때도, 피로에 절어 침대에 누울 때도 머릿속에 별생각들이 굴러다니거든요. 노래할 때에는 아무 생각이 안 나요. 내 목소리에만 집중할 수 있게 되는데, 오직 자신에게 몰두할 수 있는 시간이 많지 않잖아요. 나와 친해지는 기분이 다른 때보다 강하게 들어요. 목소리를 내고 나면 기분이 좋아지는 이유가 그것 때문인가 봐요."

"마지막으로 어떤 세상이 좋을까요, 어떤 세상을 원할까요? 듣고 싶어요."

"여유를 가지면서 불안하지 않을 수 있었으면 해요. 좋아하는 일을 할 때는 시간적인 구애도 덜 받았으면 좋겠고요."

"바쁜데 시간 내어줘서 고마워요. 윤지 씨"

그녀를 보내면서

직원이 그만두게 되면, 그와 매일 교환하던 감정의 조각도 함께 사라져버리는 듯한 느낌이 들곤 한다. 윤지는 오래 일했던 만큼, 그녀와 소통할 때는 보호막이 소거된 상태로 많은 이야기를 나누곤 했었고, 그녀가 그만두겠다고 이야기했을 때는 카페를 며칠 동안 쉬고 싶은 생각이 들기도 했었다. 하지만, 평생 시급 만 원으로 살아갈 수 없는 현실도 알고 있기 때문에 다시 그녀의 마음을 돌리는 것은 불가능한 일이었다.

그 시기 즈음 나에게도 여러 가지 일이 있었다. 가장 기억나는 건 종신보험을 해약한 일이었다. 새롭게 보험에 가입하면서 다소 복잡한 마음을 경험했는데, 그것은 여든 살 이후의 스스로에 대한 걱정이 아니라, 오히려 그 미래가 도래했을 때 성인이 된 자식에 대한 걱정이었다.

그녀와 함께하면서, 그리고 보내면서 들었던 불편한 마음은, 아마도 그녀의 현재가 자라고 있는 두 딸의 미래일 수 있다는 걸 알아챘기 때문일 것이다. 하루가 멀다고 자라는 아이들의 오늘을 보면, 내일은 얼마만큼 크게 될까 궁금하고, 그다음 달은 어떻게 될지 궁금하게 된다. 그렇게 자라는 아이를 지켜보고 그들에 대한 애착이 커질수록 그런 고민을 하게 만든다. 나 혼자가 아닌 전체에 대한 생각을 하게 된다. 그녀가 결국 속하게 될 사회에 대한 고민까지 뻗어간다.

이렇듯 자식에 대한 걱정이 흔하기 때문에 세상에는 무수한 육아 서적이 존재하고, <금쪽같은 내 새끼>라는 프로그램도 높은 관심을 받는 것이 아닐까 싶다. 나는 육아 관련 책이나 프로그램을 보지는 않지만, 그래도 그런 목소리를 제법 듣는 편이다. 카페에서 손님들의 주요 대화 주제도 그런 범주에 속하고, 자주 들어가는 음성 기반 SNS인 '클럽하우스'에서도 그런 세상의 목소리를 손쉽게 들을 수 있다.

클럽하우스에는 수많은 육아방이 존재한다. 아직 어린 아기를 키우는 사람부터 여러 학령의 자녀를 둔 학부모들이 많은 의견을 교환하고 있다. 그런데 놀라운 것은 대화 주체인 부모의 주된 관심사가 영어교육과 영재교육이라는 사실이다. 영유아 시절부터 어떤 자극에 자신의 자녀를 노출해야 하는지를 가지고 오랜 시간 이야기를 하고, 초등학교 저학년부터 영어로 작문이 가능한 어떤 아이의 육아법이 비법처럼 떠돌아다니기도 한다.

물론 반대편에서는 부모의 개입 없이 아이들이 가진 재능을 발현시켜야 한다는 목소리도 있긴 하다. 아이에게 내재된 가능성과 잠재된 창의성이 중요하므로 그저 옆을 지켜주는 것으로 충분하다고 이야기한다. 발현시켜야 하므로 일반적인 형태의 보통 교육은 하지 않는 것이 좋다고 한다. 그것의 연장선으로 잠재적 교육과정으로부터 자녀를 보호하기 위해서 탈학교의 과정과 방법이 공유되고 있다.

학교 현장에도 방법은 다르지만, 비슷한 모양으로 부모들이 부지런히 움직인다. 나름대로 스킬 트리를 계획하고, 그것을 아이들에게 강요한다. 최근 상대평가가 사라진 초등학교 공교육은 보기에 그저 이상적이다. 하지만 이면에서는 많은 부모가 자식을 위한 스케줄을 짜느라 바쁘다. 왜냐하면 통상 중학교 1학년에 자유학기제가 끝나면 그때부터 본격적인 상대평가와 경쟁이 시작되기 때문이다. 거의 모든 학교 교육과정이 수능 평가에 종속된 지는 오래되었고, 초등학교 저학년부터 늦은 시간까지 학원을 전전하는 것은 이제 놀랍지도 않은 평범한 이야기다.

물론 그것 외에도 몇 갈래의 길이 있지만, 대개 비슷한 결론으로 수렴되고 있는 것 같다. 결국은 자기 자식의 미래만 바라보는 좁고 깊은 시선이 가득하다. 자식의 경쟁력을 위해서 부모는 자신이 믿는 최선의 환경을 조성하고, 나름의 꿈을 가졌던 아이들은 그 믿음에 따라 어느새 청년이 되어 세상의 장벽에 부딪힌다. 어떤 청년들은 성취를 이루면서 나아가는 것 같지만, 또 한편에서는 존재를 지키기 위해서 힘겹게 버티는 모습이 보인다. 전자는 그 신화를 강화하고, 후자는 무기력하게 주저앉아 갈 곳 없는 시선을 허공에 던진다.

어른의 책임에 관하여

세상을 조금만 둘러보면, 후자에 속하는 청년이 많다는 것을 알 수 있다. 자신의 의미를 찾기 위해서 두리번거리는 길고양이 같은 청년들이 눈에 들어온다. 세상의 청년들은 부모가 점찍어줬던 좌표에서 살아가는 것이 아니라, 결국 도착하게 된 막다른 지점에서 자신을 힘겹게 알아가고 각자가 고독하게 살길을 모색하는 것처럼 보인다.

그렇다면 부모가 된 우리가 응시해야 할 곳은 각자의 자식만을 위한 미래가 아니라, 조금 더 많은 청년을 위한 미래가 아닐까 생각해본다. 적어도 우리에게는 세상을 아주 조금씩이라도 바꿀 수 있는 권한과 책임이 있다는 사실을 잊어서는 안 된다고 생각한다.

자라고 있는 두 딸에게, 그리고 이미 성인이 되어버렸지만, 갈 곳이 없는 이름 모를 청년들에게 어떤 세상이 괜찮을까. 그것이 고민이다. 평범한 사람도 좋아하는 일과 해야만 하는 일을 조금씩 함께 할 수 있는 세상은 영화 속 이야기에 불과할까. 지나친 불안에 함몰되지 않아도 되고, 때때로 여유로운 산책을 할 수 있는 삶은 과욕일까. 무책임한 희망의 씨앗을 심는 것보다 그런 세상으로 나아갈 방법에 대한 고민이 필요한 시점이라고 여겨진다. 카페를 떠나 윤지가 걷는 길은 그녀 자신만의 길이 아니라, 나와 아이들, 그리고 우리 모두의 길일 테니까.

정인한

김해에서 10년째 '좋아서 하는 카페'를 운영하고 있다. 낮에는 커피를 내리고, 밤에는 글을 쓴다. 2019년부터 2년 동안 〈경남도민일보〉에 에세이를 연재했고, 2021년에 『너를 만나서 알게 된 것들』을 썼다. 현재 〈세상의 모든 문화〉에 글을 올리고 있다.

청년예술가 임병수 형

-안녕하세요, 인터뷰에 응해주셔서 감사합니다.

-야, 왜 이렇게 형식적이야.

-아니, 제가 긴장이 돼서…… 인터뷰 동의서도 있는데 보실래요?

-보기만 할게. 야, 근데 여기 되게 조용하다.

-조용한 곳이 좋다면서요.

-좋다고. 이 카페, <나 혼자 산다>에 나왔던 곳이잖아. 우리 아버지가 그 방송에 3초 나온다 해서 봤었어.

우리는 예전에

병수 형이랑 알고 지낸 지는 어느덧 6년으로 이제는 중·고등학교 친구들만큼이나 친한 사이가 되었다. 우리는 내가 고등학교 3학년 때, 병수 형은 재수 때 연극영화과 입시 학원에서 처음 만났다. 수업받는 반은 달랐지만 함께 돼지국밥을 자주 먹으러 갔고, 학원에서도 온종일 붙어있다 보니 자연스럽게 친해질 수 있었다. 눈빛만 봐도 통하는 친밀감 덕분인지 우리는 서로가 원하는 학교에 합격하기를 진심으로 응원했다. 집도 걸어서 갈 수 있던 동네 이웃이라 성인이 된 이후로도 보고 싶어질 때면 편하게 만나 편의점, 막걸리집, 가끔은 길바닥에서도 술을 마셔댔다.

　6년이 흐른 지금도 병수 형은 혼자 술을 마시다 생각나서 연락했다고, 보고 싶은데 나올 수 있냐고 물었다. 나는 당연하다고, 지금 나가겠다고 하고는 대충 옷을 챙겨 입고 형을 만나러 나갔다. 우리는 네 캔에 만원 하는 맥주를 들고 6년 전 걸었던 길을 걸으면서 각자 일상을 어떻게 보내고 있는지 얘기했다. 난 〈세상의 모든 청년〉 프로젝트에 참여하게 된 이야기를 했고 그는 자신이 하고 싶은 예술에 대해 떠들었다. 술김이었을까, 불현듯 그에게 인터뷰를 제안했다. 형의 예술을 응원하고 싶었고 힘이 되었으면 했다. <세상의 모든 청년>을 찾는 프로젝트에 청년예술가 임병수를 남기고 싶었다. 그는 인터뷰어 역할만 맡아보았지 대상이 되는 건 처음이라 기대가 된다며, 흔쾌히 내 제안을 수락했다.

> -형 뭐하다 오셨어요?
> -나 가구점 아르바이트 하다 왔지.
> -열심히 일하네요.

우리는 오늘도

졸업 이후로 그는 연극 말고 다른 형태의 예술을 만들고 싶어 했다. 희곡 내용을 바탕으로 배우를 써서 만드는, 학교에서 가르치는 방식대로의 예술에서 벗어나고 싶어 했다. 연출이 최고인 수직적 관계에서 벗어나 수평적인 역할 배분을 통해 공동 창작 작품을 만들려고 했지만, 학교에서는 방법을 알려주지 않았다. 졸업 후 다원 예술·퍼포먼스에 관심을 가진 것도 그래서였다. 암전 상태에서 관객은 아무 소리도 내지 못한 채 관람하는 대신 모두 함께 생각하고 참여하는 형태의, 결과가 아닌 과정 중심의 작품을 만들고자 했다. 그는 "시간과 장소를 활용한 새로운 접근과 다양한 예술적 가치의 실현이 목적"이라 설명해

줬지만, 고전적인 연극에 익숙한 나는 이 말이 잘 이해되지 않았다. 더 자세한 이야기를 듣기 위해 어떤 내용으로 작품을 만들고 있는지 물어보았다.

"지구 온난화나 육식을 하지 말자, 전기를 아끼자와 같이 환경의 표면적인 이야기가 아니야. 왜? 왜 인간은 환경을 파괴하는가. 이것에 대한 이야기야. 산업화가 진행되고 인간의 욕심 때문에? 맞아, 맞지. 그런데 이런 팩트 말고. 사람은 왜 환경을 파괴할까? 사람은 왜 스스로 우월하다고 생각하지?

우리가 먹이사슬의 맨 위로 올라간 건 다른 존재들보다 힘이 세고 강해서라기보다 도구를 사용하기 때문이잖아. 인간은 다른 생물보다 머리가 좋은 것뿐인데 이게 환경을 파괴할 이유가 될 수는 없지 않을까. 우리는 먹이사슬의 최상위에 올라간 만큼 책임을 다해야 하는데 그렇지가 않아. 더 편하고 쉽게 생활하기 위해 다른 모든 것들을 파괴하기만 하지. 지구와 지구상의 생명체는 조화롭게 공존하고 공생해서 지금의 환경을 만들어왔는데 우리는 그런 모습을 보여주지 않아. 우리 자체가 누군가의 희생으로 태어난 존재인데 왜 그 사실을 망각하고 환경을 파괴하는지, 나는 이거에 대해서 말하고 싶어.

여기에 상상을 붙여서, 북극에 '쿨비족'이라는 가상의 종족이 살아. 인간과 가장 비슷한 종족인데 DNA가 조금 달라서? 뭐가 되었든 인간이라고는 말할 수 없는 종족이야. 그런데 인간들이 이 종족을 데려와서, 인간의 우월함을 보여주기 위해 전시를 하는 거야. 아주 폭력적인 방법으로 비교를 하는 거지. 나는 전시장을 빌려 관객들에게 이런 내용의 퍼포먼스를 할 거야. 관객들이 전시를 둘러보면서 어떻게 생각할지는 개인에게 맡기는 거지."

머리가 아팠다. 나는 환경에 대해서 생각해 본 적이 없었다. 환경에 관한 다큐멘터리를 볼 시간에 해야 할 일을 끝마치고 좋은 영화 한 편, 책 한 권 더 읽기에 바빴다. 플라스틱이 쌓여 섬을 이루었다느니, 지구 온난화로 북극이 녹고 해수면이 높아져 섬이 가라앉고 있다는 뉴스들은 나와는 상관없는 이야기였다. 여긴 대한민국이었고 환경 문제는 각 나라에서 해결해야 할 문제이지, 왜 굳이 내가 신경을 써야 하나 싶었다.

동물들이 인간의 배를 채우기 위해서 강제로 번식되어 도축당하는 일이나, 환경오염으로 멸종 위기 생물이 생기는 것보다, 당장 불확실한 내일을 어떻게 살아야 할지가 더 걱정이었던 나에게 병수 형의 이야기는 새로운 화두를 던지고 있었다. 인터뷰를 하다 보니 형이 말하고자 하는 바가 스며들어 왔다. 한 번도 생각해본 적 없는 내용이었지만, 어느새 이야기를 받아들이기 위해 애쓰고 있는 내 모습이 보였고, 그가 원하는 예술의 목표가 무엇인지 알게 되었다.

"환경을 지켜야 한다는 건 우리가 살아가는 세상이 정의롭고 윤리적으로 돌아가야 한다는 거랑 똑같은 말이야. 나는 내 주위 '환경'을 지키고 싶어. 이 환경이 소외당하는 사람들일 수도 있고 약자일 수도 있고. 나는 그들과 소통해야 하고 이해해야 한다고 느껴. 이게 내가 할 일인 거지.

사실은 말이야, 그냥 조용히 지내면 돼. 모른 척하고 입 다물고 있으면 편하게 살 수 있어. 아무렇지 않게 그냥. 그런데 그게 문제라고 생각해. 요새는 불편한 걸 애써 꺼내는 시대잖아. 변화는 원래 거부감이 들고 아프잖아. 과학적으로도 근육이 찢어지고 다시 붙어야지만 몸이 만들어지는 것처럼, 내가 하려는 이야기는 힘들지만 꼭 필요한 이야기인 거 같아. 그래서 어떻게 전달하면 좋을지에 대해 고민하고 있어. 어떻게 하면 일방적인 강요가 되지 않고 거부감 없이 스며들게 할 수 있을까. 내 예술이 어디까지 받아들여질지, 또 관객들에게 폭력적이지 않게 전달하려면 어쩌면 좋을지…… 정말 어려운 것 같아."

우리는 앞으로

병수 형이 가구점 아르바이트를 굳이 해야 하나 싶었다. 오히려 하루 세끼 굶을 걱정 없이 고민하며 좋은 작품을 뽑아내야 하지 않을까. 왜 애꿎은 데에 체력을 낭비해야 하는지, 조금 예민할 수 있는 문제지만 나는 지원사업에 관해 질문했다. 지원사업에 있어 어려운 점은 무엇이고, 그가 떨어지는 이유는 또 무엇인지 궁금했다. 내가 봤을 때 형은 지원받을 자격이 충분한 예술가였다. 친하기에 하는 말이 아니라 진심이었기에, 그에게 직접 지원사업과 관련된 이야기를 들어보고 싶었다.

그는 정말 다 어렵다고, 입에 다 담을 수 없을 정도로 어렵다고 했다. 경험해 본 적 없는 예술을 시작하는 만큼 전문성이 부족했고, 사람들을 만나는 데에도 어려움을 많이 겪었다. 연극이라면 대학교 시절의 경험으로 만들어 갈 수 있었지만 다양한 예술 장르를 한데 합치고자 하는 그의 작업은 혼자서는 불가능했다. 지금은 사람을 모아 단체를 만들었지만, 초창기에는 혼자 준비했기에 지원사업을 놓치기도 했다. 형은 이렇게 여러 실패를 겪으면서 하나하나 배워나가고 있었다.

예술 작품을 만드는 일에는 변수가 많다. 제작 도중에 주제까지도 바뀔 수 있었지만, 지원사업에는 구체적으로 변하지 않을 사항을 적어야만 했다. 인건비 외의 다른 사항들은 비용이 얼마나 들지 예상하기 힘들었고, 그러면서도 심사위원들이 좋아하는 '미래'와 '비전'을 보여주는 예산안을 적어야 했다. 그가 하고 싶은 이야기와 심사위원들을 매혹하는 기획안 사이에는 분명한 간극이 있었다. 하루라도 빨리 지원사업을 따내기 위해 그 간극을 메워야 한다는 것이 병수 형의 어려움이었다. 지원을 받지 못하면 대출을 받아야 하는지 고민한다고 했다. 있어서는 안 될 일이었다. 예술은 사업이 아니니까 말이다.

　대학교 동기 중에 졸업 이후 극단에 소속되어 꾸준하게 연극을 하고 있는 사람과도 인터뷰를 나눠보았다. 그분의 고민도 병수 형의 고민과 비슷했다. 신생 극단의 단원으로 모두가 하고 싶은 이야기가 있지만, 결국 대표가 돈을 받아오기 때문에 그의 말을 들을 수밖에 없다는 이야기였다. 이제는 요령이 생겨 대표와 적당히 타협도 할 줄 알고 대표의 도움 없이 지원금을 받아 공연도 올린다고 하지만, 하고 싶은 이야기와 지원사업을 접목시키는 방법을 터득하기까지는 우여곡절이 많았다고 했다.

　지원금을 받아 공연을 올리더라도 공연장을 찾는 사람이 많지 않기 때문에 직접적인 소득 역시 적다고 했다. 특히 세계적으로 번진 코로나19 때문에 관객은 더욱 줄어들었다. 집 안에 있는 시간이 많아지자 사람들은 넷플릭스나 유튜브 등 온라인 플랫폼을 통해 문화예술을 즐기게 되었다. 어느 정도 자리 잡은 기성 예술가들도 힘들어하는 상황에서 이제 막 시작하는 청년 예술가들은 얼마나 힘들지, 같은 예술 분야 지망생으로 안타까웠다. 나라에서 지원사업을 많이 늘렸다지만 그마저도 예술가들의 직접적인 수입은 아니었고, 단지 공연을 유지하기 위한 지원일 뿐이니 끝나고 나면 힘든 건 매한가지였다.

지원사업을 따내더라도 그들의 고충은 여전했다. 지원을 받은 예술가들이 증빙해야 할 영수증은 머리 아프도록 많았고, 귀속이 되는 물건은 살 수 없었다. 예술가들을 믿지 못하기에 나오는 문제점이라고 했다. 행정적 절차를 이해하지만, 이 문제로 서울시 문화재단과 연극 단체가 싸운 적도 있다고 했다. 생계를 유지하기 위해서 예술과 일을 병행해야 하는 그들에게 지원사업은 필수이면서도, 지원을 받기 위해서는 수입이 되는 일을 그만둬야 하는 등 제도적인 불편함도 많이 존재했다. 작품에 필요한 재원을 마련해 주는 것을 넘어 예술가들의 진짜 불편함을 이해하고 도와주는 복지가 절실해 보였다.

우리 존재 파이팅

어느새 헤어지기로 한 시간이 다 되었다. 청년예술가 병수 형은 내가 알고 지내던 모습 그대로였다. 입시 학원을 마치고 먹으러 가던 돼지국밥처럼 진국인 데다, 사람 관계에서 믿음도 잘 주고받으며, 자신이 하고 싶은 예술의 꼬리를 물고 물어 끝내 작품으로 만들어 낼 사람. 나는 짐을 정리하면서 마지막으로 하고 싶은 말이 있으면 해달라고 말했다.

"와, 마지막까지 형식적이네? 그럼 나도 형식적으로 인사해야지. 안녕하세요, 임병수입니다. 인터뷰 잘 끝냈고요. 지금은 제가 창작을 하고 있지만 저는 죽을 때까지 이것만 하지는 않을 겁니다. 제가 좋아하는 다른 것들도 다 해 볼 겁니다. 대한민국에는 와인바만 많고 막걸리바는 안 보이던데…… 그래서 20년 후에, 30년은 너무 길고, 제주도에서 막걸리바를 운영할 계획입니다. 꼭 이루어질 수 있도록 글 마지막에 남겨주시면 감사하겠습니다. 영탁아, 네가 잘 좀 추가해 줘."

정영탁

사랑하고 싶습니다. 사랑이 가진 특별함을 믿어 삶을 사랑하고 사람을 사랑하고 싶어 소설을 읽었습니다. 이제는 쓰고 싶어졌지만 아직 사랑이 부족합니다. 이해하고 싶습니다. 저 자신을 이해하고 싶습니다. 당장 내일을 알 수 없는 삶을 이해하면 잘 살 수 있지 않을까 싶어 소설을 읽었습니다. 이제는 쓰고 싶어졌지만 아직 타인을 이해하지 못했습니다. 그러니 우리 존재 파이팅!

미래로 향하는 길, 청춘과 난춘

ChaPtER 2

보이지 않는 존재, 보호종료아동[*]

세상 만물 대부분이 그렇듯 주어지는 시간 속에서
성장하는 것은 당연한 순리이다. 그러면, 한 명의 아이가
어른으로 성장하기 위해서는 얼마만큼의 시간이 필요할까?
그 시간이란 것을 나이로 정한다면 어른이 되는 시기는 언제일까?

*2021년 7월 정부는 '보호종료아동'이라는 명칭을 '자립준비청년'으로 변경하는 내용을 포함한 「자립지원제도 개선안」을 발표했다.

열여덟 어른에게 필요한 어른

성장의 시간

겨우내 앙상하게 말라 있던 나뭇가지들도 봄이 되면 따스한 햇살 아래 초록 봉우리들을 만들어낸다. 계절마다 달라지며 자신의 역할을 해내는 나무를 볼 때마다 자연의 신비함을 느낀다. 세상 만물 대부분이 그렇듯 주어지는 시간 속에서 성장하는 것은 당연한 순리이다. 그러면, 한 명의 아이가 어른으로 성장하기 위해서는 얼마만큼의 시간이 필요할까? 그 시간이란 것을 나이로 정한다면 어른이 되는 시기는 언제일까?

여기 그 시간을 열여덟 살로 정해 어른이 되어야 하는 청년들이 있다. 어른이라고 하기엔 어리다는 생각이 드는 그들을 <열여덟 어른>이라는 캠페인 속 영상에서 만났다. "보호종료아동 OOO입니다"라는 소개로 시작하는 영상을 보면서 우리 곁에 존재했을 그들에 대해 궁금한 점들이 떠올랐다. 어디서도 자세히 듣기 힘들었던 이들의 이야기를 담아낸 '아름다운 재단'을 직접 찾아간 이유였고, 그렇게 캠페인을 진행하고 있는 담당자를 만날 수 있었다.

어른이 되어야만 하는 아이들

"보호종료아동들의 존재를 세상에 알리고 싶었어요. 그게 첫 시즌의 목표였다면 이번 시즌에서는 그들이 성장하는 모습을 보여주고 싶었죠."

아름다운 재단에서 진행 중인 <열여덟 어른>이라는 캠페인은 벌써 시즌2를 맞이했다. 너무나 이른 나이에 어른이 되어야 했던 그들의 이야기가 다른 누군가가 아닌 본인의 입으로 전해지고 있었다.

정부의 보호를 받는 대상의 아동들은 아동복지법상 만 18세를 기준으로 '보호종료아동'이라 불리게 된다. 제도적인 보호

아래 생활하던 아이들이 만 18세를 넘어서면 자립 정착금 500만원과 자신의 짐이 담긴 작은 가방 하나를 들고 사회로 나선다. 고작 500만원이라니. 그 돈으로 어떻게 자립을 할 수 있다는 것인가. 돈이 전부는 아니지만 돈마저 부족한 상황이 될 수밖에 없겠다는 생각이 든다. 그렇게 '보호종료아동'이라는 새로운 타이틀을 가지고 나오는 아이들이 한 해 평균 2,500명 정도나 된다고 한다. 여건에 따라 보호 연장 신청을 할 수 있지만, 대부분의 아이들은 단체생활에 대한 어려움을 벗어나고 싶은 마음에 퇴소를 선택한다고 한다. 새로운 생활에 대한 설렘과 두려움을 함께 가지고 나설 그들의 마음을 생각하다 보니, 이십 대 초반의 내 모습이 떠올랐다.

내가 첫 직장에 들어간 것은 막 스물두 살이 되던 해였다. 일반적으로 사회에 나서는 청년들의 나이가 이십 대 중후반이라고 봤을 때, 그 당시의 나도 어린 편에 속했다. 아르바이트 경험도 거의 없던 나에게 직장은 설렘과 두려움이 공존하던 장소였다. 스스로 경제적인 자립을 할 수 있다는 기대도 있었지만, 무슨 일부터 해야 할지 아무것도 모른다는 막막한 어려움도 있었다.

업무에서 저지르는 크고 작은 실수들 때문에 지적받거나 혼나던 날이 많았다. 그만두고 싶다는 생각과 부모님을 실망시키고 싶지 않다는 생각 사이에서 수없이 갈등했다. 몸과 마음이 많이 힘든 시절이었다. 잠깐 쉬는 틈에 눈물을 닦으며 시간을 견디곤 했다. 여러 관계와 일에서 오는 어려움은 감당하기 어려웠다. 의연하게 대처하기에는 어린 나이만큼 경험도 부족했기 때문일 것이다. 하지만 그 경험 덕분에, 열여덟 살부터 사회로 나가는 '보호종료아동'의 어려움을 조금이나마 이해할 수 있다. 그들도 자립에 대한 희망과 기대가 있었을 것이고, 살아가는 현실에서 느끼는 벽을 혼자 넘기엔 막막한 순간들이 많았을 것이다.

무엇보다 법적으로 만 19세가 되지 않았을 경우 핸드폰 명의나 통장 개설조차 자유롭지 않다는 것이 참 어불성설이다. 자립은 했지만, 완전한 어른으로 인정받지 못한다고 생각할 수밖에 없는 것이다. 나이로 어른의 기준을 정하고 떠밀 것이 아니라, 그들이 삶을 책임질 어른이 될 수 있도록 돕는 것이 먼저다.

그들 사이에 존재하는 말, '보밍아웃'

초등학교 시절 같은 반에 보육원에서 사는 친구가 있었다. 우리 집 근처에 있던 보육원이라 종종 동네에서 같이 놀던 그 친구는 또래보다 어른스러웠고, 밝은 친구였다. 초등학생이었는데도 어른이 되면 빨리 결혼해서 가족을 만들고 싶다는 말을 했던 게 기억난다. 그 이후로는 그 친구와 비슷한 환경에서 자란 누군가를 만난 적이 없다. 그저 내 주변에 없어서라고 생각했는데, 담당자와 이야기를 나누다 보니 없는 게 아니라 몰랐을 뿐이라는 생각이 들었다. 남들과 다른 성장 환경 때문에 피해를 입거나 차별을 받았던 그들은 자신의 상황을 숨기는 것이 일반적이라고 한다. 가까운 친구에게조차 말하지 못하고 지내다가 어렵게 이야기를 꺼내는 경우가 많다 보니, 그들 사이에서 '보밍아웃'이라는 말까지 생겼다. 그만큼 그들에게 자신의 상황을 드러내는 일은 쉬운 것이 아니다. 주변에서 만나지 못했던 이유가 되기에 충분할 것이다.

어쩌면 아주 가까운 곳에서 함께 생활했을 그들이 자신을 드러내지 못하는 것이 그들만의 책임은 아니다. 자신의 상황이 알려지는 순간, 사이가 어색해지거나 달라지는 태도를 경험하는 이들이 많다고 한다. 그런 경험들로 인해 말하지 않는 편을 선택하는 건 어쩌면 당연할지도 모른다.

캠페인 담당자는 보육원에서 자랐다는 이유만으로 문제가 있을 거라 생각하거나, 무조건 불쌍하다는 시선으로 볼 필요가 없다는 것을 여러 번 강조했다. 많은 사람에게 그런 시선이나 생각이 자라게 되는 이유로는 미디어가 가장 문제라는 지적도 했다. 그러고 보면 살아가는 동안 만나지 못했던 그들이 종종 영화나 드라마에서 문제아나 불량배로 나오곤 한다. 부모 없이 자란 것이 나쁜 사람이 되기 위한 조건이 될 수 없음에도 말이다. 그래서인지 자신의 실명이 그대로 나와 있는 캠페인 속 프로젝트가 좀 더 특별하게 느껴졌다. 가까운 친구에게조차 말하기 힘든 사실을 많은 대중 앞에 밝히게 된 계기는 무엇일까.

"처음엔 모자이크나 가명을 사용하자는 이야기도 나왔었어요. 하지만, 저는 그건 아니라고 생각했죠. 그들이 숨기거나 감추어야 할 대상은 아니잖아요. 무엇보다 도전하고 이루어 가는 과정을 돕고 싶었어요. 그들이 실패하든 성공하든 무언가를 도전하고 성취하는 그들의 시간이 담길 수 있기를 바랐던 거죠. '보호종료아동'들의 삶을 다양하게 보여줌으로써 그들이 남이 아닌 우리와 자연스럽게 어우러질 수 있는 사람이라는 것을 알려주고 싶었어요. 거기에 더해 그들이 자신의 삶을 주체적으로 살아가는 모습을 보여주고 싶어서 실명을 건 프로젝트들을 연결해 갔죠."

캠페인의 취지처럼 프로젝트를 진행 중인 청년들이 보여주는 모습은 무척 인상적이었다. 누군가는 같은 상황의 '보호종료아동'들을 돕는 자립전문가로 성장하고 있었고, 누군가는 재능을 살려 디자인을 하고, 누군가는 자신의 경험이 녹아든 그림 같은 동화를 쓰고 있었다. 다양한 삶으로 나아가는 그들의 모습을 보고 있으니 절로 응원하는 마음이 떠올랐다. 자신이 어떤 사람인지를 보여주겠다는 용기는 누군가에게 동기가 되고, 삶의 목표가 되기도 할 것이다. 같은 환경에 놓이게 될 동생들은 자신보다 좀 더 나은 환경에서 지내길 바란다는 그들의 바람은, 그들의 용기로 실현되어 갈 수 있으리라 확신한다.

공감과 존중이 필요한 열여덟, 어른

어른이 되어 세상 밖으로 나온 아이들에게 가장 큰 두려움은 '혼자라는 사실'이라고 한다. 단체 생활의 어려움도 분명 존재하지만, 세상 모든 일을 스스로 선택하며 살아가야 하는 일은 외딴 섬에 홀로 남겨진 것처럼 두려울 수 있다. 사회적인 보장 제도로 그들의 경제적인 부분을 도와야 하는 것은 가장 기본적인 보살핌일 수밖에 없다. 그들 앞에 펼쳐진 수많은 시간을 채워가려면 자신들의 삶을 의논할 수 있는 어른의 존재가 필요할 것이다. 그저 정해진 제도를 안내하고 그에 맞는 서류를 요구하고 정해진 혜택을 제공하는 것으로 그들이 자립할 수 있는 것은 아니다.

우리는 모두 자의로 태어나지 않는다. 누구와 살아갈지, 어디에서 살아갈지, 어떤 것들을 가지게 될지 아무것도 모른 채 태어난다. 그리고 살아가야 한다. 주어진 환경에서 성장기를 보내며 아이에서 어른이 되어 간다. 조금 다른 환경에서 자란 것은 그들의 책임이 아니다. 또한 그들이 스스로 선택하지 않은 경우가 대부분이다. 그럼에도 '보호종료아동'들은 자신들이 뭔가 잘못한 것 같은 마음을 가지는 경우가 많다고 한다. 그런 마음이 자리 잡기까지는 살아오면서 겪은 경험들이 까닭이 되었을 것이다.

실명을 타이틀로 진행 중인 아름다운 재단의 <열여덟 어른> 프로젝트를 보면서 영화 <나, 다니엘 블레이크>가 절로 떠올랐다. 위인도 아닌데 영화 제목에 이름이 들어가 있다니, 그가 누구인지 더욱 궁금한 마음으로 봤던 기억이 난다. 주인공은 건강상의 이유로 경제활동을 할 수 없게 되어 실업급여를 신청해야 할 처지의 목수였다. 영화는 성실하고 책임감 있는 삶을 살아온 그가 왜 사회보장 제도를 받아야 했는지 설명하며, 그 과정에서 겪게 되는 상처와 아픔을 보여주고 있다.

"나는 개가 아니라 사람입니다. 그렇기에 내 권리를 요구합니다. 나는 요구합니다. 당신이 나를 존중해 주기를. 나는 한 명의 시민 그 이상도, 이하도 아닙니다."

영화 마지막 즈음에 나오는 주인공의 대사이다. 마음에 먹먹하게 새겨지는 대사를 보며, 이 영화의 제목이 왜 그의 이름일 수밖에 없었는지 납득할 수 있었다. 영화 속 다니엘처럼 누군가가 겪는 결핍은 그들 개인의 잘못이 아닌 경우가 많다. 그럼에도 그들은 종종 공감할 마음이 없는 사회에 상처받고, 왜곡된 시선으로 바라보는 이웃에 상처받는다. 그런 의미에서 <열여덟 어른> 프로젝트에 자신의 실명을 내세운 청년들 또한 자신의 존재를 인정받고 싶은 마음이 담겨 있을 거라 생각한다.

한 아이를 살리는 것은 자신을 믿고 지지하는 단 한 사람이라는 말이 있다. 최소한의 의식주만 해결된다고 그만이 아니다. 우리가 살아가는 데 있어서 의지할 수 있는 누군가가 반드시 있어야만 한다. 그 누군가가 꼭 부모이거나 가족이 되어야만 하는 것은 아니다.

그렇다면 우리가 해야 할 것들은 그리 대단하지 않을 수도 있다. 좀 더 다정하게 응해주는 것. 좀 더 귀 기울여 들어주는 것. 좀 더 친절한 미소를 띠어주는 것. 그들이 좀 더 잘 지냈으면 하는 마음으로 바라봐주는 것. 그리고 함께할 수 있는 것들을 찾아 동참하는 것이 아닐까.

우리는 누구나 있는 그대로 인정받고 사람답게 살아야 할 권리가 있다. 자신에게 주어진 삶을 묵묵하게 살아가는 '보호종료아동'들도 마찬가지다. 그들이 받을 수 있는 제도적 혜택을 당당하게 받으며, 사회 속 일원으로 어우러져 살아갈 수 있도록 해야 한다. 더불어 어린 나이에 어른이 된 그들이 형식적인 제도 아래 버티는 것이 아닌, 스스로 삶을 이끌어갈 수 있도록 도와야 할 것이다. 그런 의미에서 그들보다 먼저 삶을 살아가고 있는 어른들이 그들 곁에 믿을 수 있는 지지자로 존재했으면 하는 바람이다.

우선영

남매를 키우며 꿈도 키우는 엄마이다. 그림책을 사이에 두고 이야기하기를 좋아한다. 땅속으로 고요하게 스며드는 햇살 같은 글을 쓰고 싶다. 그렇게 따스함을 전해주는 사람이었으면 좋겠다.

우리에겐 더 많은 '사회적 증거'가 필요하다

그녀가 보호종료아동 캠페인을 시작하게 된 이유

"나 사실, 덕질 중이야."

   카페에 마주 앉아있는데, 그녀가 갑자기 비밀을 털어놓듯 말을 꺼냈다. 클럽하우스 인문학 모임에서 만나 함께 책 읽는 리딩 메이트로 만난 H님. 한 배우에 대한 팬심으로 시작된 활동이 '보호종료아동' 캠페인으로 이어지게 되었다는 그녀의 이야기가 흥미로웠다. 무엇보다 '보호종료아동'이라는 단어가 생소했다.

   코로나로 인해 재택근무를 하는 남편, 온라인 학습을 하는 세 아이와 함께 집에 꼼짝없이 갇혀 있어야 했던 시기, 그녀는 랜선으로라도 콧바람을 쐬기 위해 한국 예능프로그램을 보다가 한 배우가 눈에 들어왔고, 인터뷰를 통해 일명 '덕통사고'를 당한 듯 빠져들었다고 했다. 당시 그녀는 아무것도 하기 싫고 무기력의 늪에서 허우적대던 중이었다. 그런데 일이 잘 풀리지 않아 안으로 움츠러들던 자신의 과거를 산책과 운동으로 극복했다는 배우의 인터뷰가 그녀를 침대 밖으로 끌어낼 힘을 주었다고 말했다.

화면을 쳐다보며 "지금 집 밖으로 나가세요"라고 말하는 그의 눈빛에 이끌려 오랜만에 산책을 하게 되었더니 정말로 몸과 마음이 상쾌해지는 듯한 기분이 들었다고 했다. 그렇게 하루하루 밖으로 나가서 상쾌한 공기를 쐬는 것만으로도 정말로 삶이 조금씩 즐거워졌다. 그럴수록 H님은 배우에 대해 진심으로 빠져들어 일명 '찐팬'이 되었고, 어느덧 팬클럽 회장이 되어있었다. 그렇게 배우의 생일을 맞아 기부 행사를 준비하다가 '보호종료아동' 캠페인을 하게 되었다는 것이다.

아동복지법 제16조에 의해 아동양육시설, 공동생활가정, 위탁가정 등 '가정외보호체계'에서 생활하는 '보호대상아동'은 만 18세가 되면 시설에서 퇴소해야 한다. 대학교에 다니거나 직업 관련 교육, 훈련을 받는 경우에만 예외적으로 보호기간을 연장할 수 있다. 아동권리보장원에 따르면 해마다 약 2,500명이 공식적인 지원과 보호가 '종료'된 채 독립생활을 시작해야 한다. 자립지원금 명목으로 약 500만 원을 손에 쥔 채 사회로 나온 이들을 '보호종료아동'이라고 부른다.

드라마 속 보호종료아동의 이야기

드라마 <스타트업>의 한지평 역시 만 열여덟 살에 보육원에서 나온다. 자립지원금이 든 봉투를 들고 방을 구하러 다니던, 비를 맞으며 동네를 하염없이 돌아다니던 교복 입은 아이의 모습은 많은 이들을 울컥하게 했다. 나 역시 열 살짜리 아들을 키우고 있는 엄마이기에 이 장면을 그냥 넘길 수가 없었다. 이들이 왜 학교도 졸업하지 않은 상태로 보육원에서 나와야 하는지가 궁금해졌다. 시설에서의 '보호'가 종료되는 만 18세에서 법적 성인인 만 19세가 되기 전까지의 1년의 기간 동안 이들은 사회의 벽에 부딪히게 된다. 혼자서 휴대전화 개통이나 금융 거래 등을 할 수 없어 곤란한 경우를 겪게 되는 이들이 많다고 했다. 드라마에서는 방 한 칸을 내주며 따뜻한 밥을 차려 주는 원덕 할머니를 만났지만, 현실에서 이런 도움을 기대하기는 쉽지 않은 일이다.

    그동안 영화나 드라마에서 보호종료아동은 대부분 범죄를

저지르는 악인이거나, 불륜을 저지르는 악녀의 이미지로 소비되었다. 성공한 삶을 산다 해도 치열한 삶의 원동력이 세상에 대한 복수심과 연계되기 일쑤였고, 필연적으로 동정을 사는 캐릭터로 그려졌다. <스타트업>의 한지평도 소위 '영 앤 리치' 능력남으로 나오지만, 성공을 위해서라면 무슨 일이든 하는 냉혈한이 아니라, 스타트업에 막 뛰어든 '뉴비'들을 마음으로 품어주는 멘토의 역할로 그려진다. 드라마 마지막에서는 '보호종료아동'을 위한 스타트업에 직접 투자를 하며 '어린 날의 나'를 도우려는 훈훈함까지 갖춘 모습이 보인다.

드라마 밖 보호종료아동들의 삶

'보호종료아동'이라는 개념이 머릿속에 들어오면서 드라마 밖 현실의 보호종료아동들은 어떤 삶을 살고 있는지 궁금해졌다. 2020년 2월 방송된 다큐멘터리 SBS 스페셜 <막막한 축복, 열여덟 어른>에서 이들에 대해 더 많은 이야기를 들을 수 있었다.

다큐에 출연한 한 보호종료아동은 보육원 퇴소일의 기억을 '설렘'이라는 단어로 표현하고 있었다. 정해진 규칙에 따라 생활해야 하는 시설에서 나오면 간섭없이 자유로운 날들이 기다릴 거라는 생각을 했지만, 현실을 깨닫는 데는 채 몇 달이 걸리지 않았다고 했다. 자립지원금 500만 원을 처음 구한 집 보증금으로 모두 써버렸는데, 문제가 생겨 이 중 80만 원만 돌려받고 나와야 했다.

보호종료아동의 손에 쥐어진 자립지원금은 부모님으로부터 용돈을 받는 경험을 하지 못했던 이들이 처음으로 '내 마음대로' 쓸 수 있는 돈이다. 하지만 혼자 집을 구하고, 일자리를 구하면서 세상에 홀로 내던져진 느낌, 다시 버림받은 기분을 느낀다고 했다.

나 역시 20대 초반에 해외 봉사활동을 위해 필리핀으로 갔을 때 첫 집을 구하며 막막했던 기억이 있다. 집을 볼 때 어떤 부분을 확인해야 하는지, 한 달 생활비는 어떻게 계획하고 써야 하는지, 하루 세끼는 어떻게 챙겨야 하는지 아는 것이 하나도 없었다. 같은 기관에서 일하던 동료들, 같은 도시에 파견된 선배 단원들의 도움이 없었다면 어떻게 살았을까 생각만 해도 눈앞이 캄캄해진다. 다큐에 출연한 정익중 이화여자대학교 사회복지학과 교수는 "자립이라는 것도 주변의 관계망이 있어야 한다"라는 말로 보호종료아동의 고충을 설명했다.

다큐 속 인터뷰 중 기억에 남는 말이 하나 더 있다. 보호종료아동 출신으로 후배들이 자신처럼 막막한 현실에 부딪히지 않기를 바라는 마음에 '고아권익연대'를 설립한 조윤환 씨는 퇴소 후 5년 동안 적절한 도움을 받는지가 이들의 인생을 가를 수 있다고 말했다. 실수로, 경험 부족으로, 한 번 삐끗해 지원금을 날리는 경험을 하게 된 상태에서 적절한 도움을 받지 못하면 퇴소하는 후배들의 자립지원금을 노리는 가해자가 될 수 있다는 것이다. 가정을 꾸려 두 아이의 아빠가 된 그는, 시간을 쪼개 보호종료아동들이 세상에 나와 겪는 어려움을 귀 기울여 듣고, 함께 고민하고 있었다. 보육원 출신이라는 꼬리표를 벗고, 평범한 사회의 한 구성원으로서 살아가게 하려 노력하는 이들을 보며 마음이 뭉클해졌다.

'사회적 증거'를 깨뜨리는 시도들

문득 심리학책에 자주 나오는 로버트 치알디니 Robert Cialdini의 '사회적 증거'라는 개념이 떠올랐다. 우리는 모르는 대상에 관한 판단을 내려야 할 때, 좀 더 많은 사람이 취하는 행동양식을 모방하는 경향이 있다. 오락프로그램에 삽입된 웃음소리가 대표적인 예라 할 수 있는데, 웃어야 할 타이밍을 다른 사람들의 웃음소리를 들려줌으로써 시청자들에게 알려주는 것이다. 자신이 깊이 알지 못하거나 모호한 상황에 부닥쳤을 때, 불확실성을 극복하기 위해 다른 사람들의 의견에 동조하게 된다는 설명이다. 미디어는 사회적 증거를 만들어내거나 전파하는 역할을 한다.

내 주위에서 한 번도 보지 못한 사람에 대해 생각하게 되었을 때, 무의식적으로 미디어에서 본 그 대상의 이미지를 투영하게 되는 것이다.

　보건복지부의 「보호대상아동 현황보고」에 따르면, 가정 외 보호 체계의 지원이 필요하다고 판단된 보호대상아동은 2020년 기준 4,120명이다. 통계청 사이트에 들어가 보호대상아동을 키워드로 연간 통계를 조회해봤다. 1997년 8,268명으로 집계된 자료는 2001년 10,586명으로 최고치를 보인 후, 2014년부터 그 수가 대폭 줄어 4,000명대를 유지했다. 통계표를 살펴보면서 주목했던 건 보호대상아동의 '발생 요인'이 점차 다양해지고 있다는 점이었다.

　1997년의 경우 '유기', '미혼부모·혼외자', '미아', '비행·가출·부랑' 등의 4개 항목으로 표기되어있지만 2000년부터 '학대'가 보호대상아동 발생 요인에 추가되었다. 2008년부터는 '부모 빈곤·실직', '부모 사망', '부모 질병', '부모 이혼' 등의 항목이, 2020년 통계부터는 '부모 교정시설 입소'라는 새로운 발생 요인이 추가되었다. 추가된 항목들을 볼 때마다 떠오르는 장면들이 있었다. 직업을 잃어서, 몸이 아파서, 갑작스러운 사고를 당해서, 이혼했으나 부모 양쪽 누구도 아이를 보살필 수 없어서, 부모가 아이를 더는 보호해 줄 수 없는 이유가 점점 다양해지고 있다는 뜻이기도 하다. '가정 외 보호 체계'의 '보호'가 필요한 아이들의 스펙트럼은 늘어나지만, 전체 아동 인구수에 비하면 0.08%도 되지 않는, 아주 미미한 숫자에 불과하다.

생각해보면 초등학교부터 대학원에 이르기까지 나는 보육원에서 자란 친구를 한 번도 마주한 적이 없다. '보호종료아동'이라는 단어를 듣기 전까지 내가 '보육원'이라는 단어와 연계지을 수 있었던 건 기껏해야 동화책에서 친구들의 놀림을 받는 불쌍한 아이들, 혹은 영화나 드라마에서 악행을 저지를 수밖에 없는 환경을 타고난 인물이라는 이미지가 전부였다고 해도 과언이 아니다.

그러나 앞서 언급된 드라마 <스타트업>이나 다큐멘터리 <막막한 축복, 열여덟 어른>과 같이 편견을 걷어낸 보호종료아동들의 이야기를 들으며 이들이 준비가 덜 된 상태로 사회로 나왔을 때 어떤 일들을 겪게 되는지, 어떤 도움이 필요한지에 대해 조금은 알게 되었다. 이러한 노력이 더해져 조금 더 많은 사람이 관심을 기울이고, 보호종료아동들이 체감할 수 있는 실질적인 도움을 주려는 움직임이 나비효과처럼 생겨나는 것이 아닐까?

이런 관점에서 바라보면 드라마 <스타트업>의 능력남 한지평은 단지 상투적인 묘사의 틀에서 벗어난 신선한 캐릭터일 뿐아니라, 우리의 무의식 속에 존재하는 보육원 출신 인물에 대한 사회적 증거를 깨뜨리는 예가 될 수 있는 것이다. 일면식도 없는 한지평에게 방을 내어주고 따뜻한 밥상을 차려준 원덕 할머니는, 보호종료아동들에게 그들이 마주해야 할 차가운 삶의 현실이라는 사회적 증거를 깨뜨리는 예가 될 수 있을 것이다.

열여덟 어른에게 필요한 건

드라마와 다큐멘터리를 통해 보호종료아동에게 필요한 것은 응원과 격려를 보내는 어른의 존재라는 것을 깨달았다. '고아권익연대'를 만든 조윤환 씨도 그것을 알기에 자신이 겪었던 일을 누군가 되풀이하지 않기를 바라는 마음으로 같은 상황에 놓인 이들을 찾아가고, 귀 기울여 듣고, 어려움에 빠졌을 때 손을 내밀어 주기를 자청한 것이다. 보육원 밖 세상에서 차가운 현실을 마주할 수도 있지만, 세상 모든 사람이 그런 건 아니라고, 어딘가에는 따뜻한 마음을 가진 사람들이 있다고 알려주고 싶은 마음이 이들을 묶어주는 것이 아닐까 생각했다. H님이 보호종료아동 캠페인을 통해서 하고 싶은 일도 이와 비슷하다.

인터뷰에서 그녀는 '독립된 걸음마'라는 표현을 사용했다. 성인이지만 아직 성인이 아닌 애매한 나이, 부딪히고 실패하는 경험이 나머지 삶을 나락으로 끌어내리는 것이 아니라 성장할 기회로 삼을 수 있는 약간의 '보호막'이 필요한 시기가 열여덟

이라는 나이라는 것이다. 올해 그녀의 큰아들은 집에서 통학할 수 있는 거리의 대학에 입학했지만, 아이를 기숙사에 보내려 한다고 했다. 이유를 묻자 그녀는 부모님의 집을 떠나 완벽한 독립을 하기 전 기숙사라는 공간에서 앞으로의 삶을 계획하고 준비하고, 실수하고 넘어져도 괜찮은 연습 기간을 보내고 세상으로 나아갔으면 하는 바람이 있다고 말했다. 무언가 문제가 생기면 같이 해결 방법을 고민해보고 헤쳐나가는 힘을 기를 수 있도록 말이다. 그렇기에 보호종료아동이 만 18세를 기준으로 보호시설에서 퇴소해야 하는 상황이, 마치 세상에 나아가는 게 아니라 내몰리는 느낌이 들었다고 말했다.

그녀가 드라마 <스타트업>에서 비를 맞으며 동네를 이리저리 헤매는 큰아들 또래 한지평의 모습을 보고 눈물을 흘렸던 건 어쩌면 당연한 일일 수도 있을 것 같다. '내 배우'를 위한 의미 있는 일을 해보자는 마음으로 기부할 곳을 찾던 와중 드라마 속 한지평 같은 보호종료아동을 지원하는 단체가 있다는 것을 알게 되었고, 'Go fund(미국의 크라우드 펀딩 사이트)'를 통해 모금 운동을 시작했다. 2021년 2월에 시작해 약 두 달여 동안 지속된 캠페인을 통해 '보호종료아동'이라는 생소한 단어를 우리가 관심을 가지고 응원해야 할 대상으로 인식하게 되는 사람이 늘어갔다. 이런 움직임들이 조금은 도움이 되었던 것일까? 정부에서도 보호종료아동을 위해 지원강화 방안을 내놓았다.

2021년 7월에 발표된 「보호종료아동 지원강화 방안」에서 눈에 띄는 것은 보호종료아동에 대한 국가적 인식 변화다. '보호종료아동'에서 '자립준비청년'으로 명칭을 바꾸기로 했다는 대목에서 이들을 '보호'를 받아야 하는 수동적 대상에서 '자립'의 주체로 인식하고 당사자의 의사를 반영할 수 있는 체계를 갖추려는 노력이 드러나 있다는 생각이 들어 반가웠다.

너무 어린 나이에 세상 밖으로 내몰리지 않게 별도의 보호 연장 사유 없이도 만 24세까지 보호를 연장하는 법적 근거를 마련하고, 이들이 스스로 설 수 있도록 도와주는 자립 지원 전담인력을 확충하겠다는 구체적인 실천방안을 읽어나가며 나도 모르게 눈물이 맺혔다. 그녀에게 기사 링크를 보내주자 살짝 울먹이며 "내가 올해 잘 살았다는 기분이 든다"라고 말했다. 앞으로 캠페인을 어떻게 진행할 계획이냐고 묻자 그녀는 제도가 줄 수 없는 부분을 지원해주고 싶다고 말했다. 요즘 고전 읽기에 푹 빠져있는 그녀는 함께 책을 읽으며 스스로 삶을 개척하는 '자립준비청년'들에게 깨달음의 순간을 선물하고 싶다고 했다.

덕질은 '어떤 분야를 열성적으로 좋아하여 그와 관련된 것들을 모으거나 파고드는 일'이고, 한마디로 줄이면 '관심과 애정을 보이는 일'이다. 그렇기에 '덕질'에서 시작된, 보호종료아동에 대한 사람들의 관심을 불러일으킨 그녀의 캠페인이 반갑고 따스하다. 미디어에서도 조금 더 다양한 '보호종료아동·자립

준비청년'의 모습을 발견할 수 있으면 좋겠다는 생각이 들었다. '부모 없이 보육원에서 자란 고아'라는 편견 안에 갇혀 있는, 우리의 굳은 사고를 깨뜨릴 수 있는 더 많은 '사회적 증거'가 필요하다.

황진영

지금, 여기, 우리의 힘을 믿으며 진짜 나를 찾기 위해 읽고 쓰는 사람. 미국 동부에 머무르며 한 국제기구에서 일하고 있습니다. 더 많은 '우리'를 발견하고 싶은 마음을 담아 〈세상의 모든 청년〉 프로젝트에 참여했습니다.

브런치 brunch.co.kr/@nowhereus

보육원 출신 바이올리니스트 A의 경우

연주가 끝난 콘서트홀에서

연주가 끝난 클래식 콘서트홀 입구는 연주자들의 지인들로 북적거리기 마련이다. 정장을 입은 연주자들의 가족, 친구, 친지들은 입구에서 기다리다가 공연을 마친 연주자들에게 꽃다발과 선물을 전달하고는 웃으며 축하를 한다. 다른 연주자들이 지인들과 함께 웃으며 사진을 찍고 담소를 나누다가 하나둘씩 차를 타고 사라지는 동안, 한참이 지났는데도 내가 기다리던 A는 나타나지 않았다. 나 이외에 그를 기다리는 지인들도 눈에 띄지 않았다.

그를 만나기까지

부산에는 과거 '소년의 집'이라는 이름으로 알려졌던 복지시설이 있다. 마리아 수녀회에서 운영하는 오래된 보육원이다. 국가대표 골키퍼였던 김병지를 배출한 축구팀과 교내 오케스트라가 유명하다. 그곳에서 음악 봉사를 한 인연으로 몇몇 청년들의 후견인 역할을 해주고 있는 분에게 보호종료아동의 삶에 대한 글을 쓴다는 취지를 밝히고 두 명을 소개받았다.

하지만 그들을 직접 만나기까지의 과정은 쉽지 않았다. 소개해준 후견인은 그들을 만나려는 취지에 대해 여러 번 반복해 물어봤고, 인터뷰 대상과 의논 후 연락을 주겠다고 했다. 그들을 보호하고자 하는 의중이 느껴졌다. 이들의 이야기가 가벼운 흥밋거리로 소비되는 일을 피한다는 인상도 받았다. 옳은 일이다.

2주가 지난 후 인터뷰 허락을 받았다. '소년의 집'에서 오케스트라 활동을 한 것을 계기로 현직 음악가로 활동하고 있는 A였다. A의 개인 일정으로 인해 그가 살고 있는 한 지방도시를 방문하게 된 것은, 허락을 받고 나서 근 두 달이 지난 후였다.

A와의 첫 만남

A와 만나기로 한 음악학원은 큰 아파트 단지의 외곽에 있었다. 아이들을 데리러 온 부모들이 차를 댄 채 기다리고 있었고, 작은 바이올린을 든 아이들이 재잘거리며 건물에서 나왔다. 그는 중저음의 목소리를 지닌 잘생긴 청년이었다. 상대를 배려하는 부드러운 어투와 발성에는 오랫동안 축적된 교양이 묻어 나왔다. 그가 스스로 밝히기 전에는, 처음 만난 그를 보육원 출신으로 볼 사람은 아무도 없을 것이다. 사실, 그와 통화를 하면서 좀 놀랐던 부분이기도 했다.

인터뷰는 그가 학생을 가르치는 교실에서 이뤄졌다. 아이들이 올 때까지는 두 시간의 여유가 있었다. 나와 마주 앉은 그는 부드러운 목소리에 웃음을 담아 이야기했다.

"아유, 기다리시게 해서 죄송합니다."

그날 만난 장소는 원래 피아노 학원인데, 그가 연습실 일부를 임대해서 바이올린을 가르치고 있다고 했다. 학원 내부는 우리 말고는 아무도 없이 텅 비어있었다. 창밖에서는 아이들의 목소리와 차 지나가는 소리, 대낮 거주구역의 소음들이 들려왔다.

A는 3살 때 '소년의 집'에 입소했다. 묘하게도 그는 처음 자

기 손을 잡아준 수녀님을 다 기억한다고, 아직 수녀원에 계셔서 가끔 찾아뵙는다고 했다. 그 이전의 기억은 전혀 없다.

'소년의 집' 오케스트라 활동을 통해 음악을 접했다. 처음에 받은 바이올린에는 줄이 하나밖에 없었다는 이야기를 하며 웃었다. 그는 자신에게 주어진 바이올린을 사랑했다. 아마 몇 안 되는 자신의 것이었으리라. 그리고 그는 어린 나이에 바이올린으로 인생을 살겠다는 결심을 한다.

나도 어렸을 때 바이올린을 배운 적이 있다. 정해진 횟수만큼 단조로운 음계를 반복해서 연주하는 것은 매우 지겨운 일이었고, 가세가 기울어 바이올린을 그만두게 됐을 때는 어린 마음에 내심 반갑기까지 했다. 바이올린을 다시 집은 건 서른 즈음, 뒤늦게 음악의 즐거움을 깨달은 이후였지만, 직장생활을 하며 음악을 계속하는 건 쉽지 않았다. 아니면 내 열정이 부족했거나. 음악가로 사는 일은 어떠냐고 물었을 때 그는 말했다.

"음악을 업으로 하는 일은 확실히 쉬운 일이 아니라서, 교육하는 입장에서 아이들에게 음악의 길을 강권하지는 않아요. 제 경우에는 첫째, 내가 그 일을 하는 것이 행복한가? 둘째, 내가 그 일을 잘할 수 있는가? 셋째, 먹고살 자신이 있는가? 세 가지가 충족하면 그 일을 한다는 원칙을 갖고 있어요. 이 기준에 따르면 음악은 제가 할 수 있는 일이었고, 그래서 했을 뿐입니다."

또 다음과 같이 덧붙였다.

"부자가 아니라서 음악을 할 수 없다고 생각하는 아이들이나 부모를 보면 좀 안타깝지요. 저도 그랬지만, 뜻이 있으면 다 길이 있으니까요. 요즘 아이들은 금전적인 문제에 관심이 많습니다. 직업 인터뷰를 하러 온 중학생들이 있었는데, 바로 한 달에 얼마 버냐고 묻더군요."

그는 이 말을 하며 웃었다.

삶의 문제

그는 만 18세가 되자 다른 보호종료아동들처럼 통장에 든 500만 원과 함께 시설을 나왔다.

지금은 보호종료아동들이 대학에 진학하면 학비를 보조해주는 곳이 있지만, 당시에는 그런 제도가 없었다. 그는 수녀님들이 소개해주신 후견인의 도움과 아르바이트로 생활을 이어나갔다.

충분히 이해할 수 있는 일이지만, 그는 자신이 보육원 출신이라는 이야기를 주위에 하지 않는다. 처음부터 그랬던 것은 아니다. 학부 시절 당시 친했던 친구에게 자신의 이야기를 한 일이 있다. 그런데 어떤 프로그램에 선정되고 나니 'A는 고아 출신이고 그래서 혜택을 받았다.'라는 소문이 돌기 시작했다. 소문의 출처를 쫓아보니 바로 그 친구였다. 요즘 유행하는 '공정'은 때로 대단히 불공정한 맥락으로 악용될 때가 있다.

그는 자신의 동기 중 대학에 진학하는 것은 5% 정도이며, 90% 이상의 보호종료아동들은 대부분 숙식이 제공되는 생산직 공장에 취직 한다고 했다. 그들은 홀로 이 세상에 던져지지만, 세상으로부터 철저히 외면받고 있다고 느끼는 순간은 그들 중 누군가 큰일을 당했을 때다.

A의 동기 한 명이 보호종료 후 2년 만에 공장 프레스기에 끼어 사망했는데, 사고가 난 기업은 나 몰라라 했다. 한 청년이 죽었지만, 연고가 없는 그를 위해 나서 주는 사람은 없었다. 연고가 없기 때문에 기업이 배상해야 할 대상도 없었다. 그리고 그렇게 떠나간 친구가 갖고 있던 얼마 안 되는 재산은 나라의 소유가 된다. A는 이때 세상이 참 부당하다 생각했다고 한다.

가장 심한 것은 스스로 목숨을 끊는 경우다. 그들이 자라난 시설은 천주교 소속이고, 천주교는 자살을 대죄로 여기기 때문에 자살자의 장례식은 시설이 관여하지 않는다. 그들을 키워준 수녀님들도 오지 않는다. 자살한 보호종료아동의 장례식은 그를 기억하는 같은 처지의 친구들이 돈을 모아 치루는 경우가 많다고 한다. A는 아직 젊지만 동기 중의 10% 정도는 이미 소리 없이 이 세상을 떠났다. 그들 중 상당수의 사인은 자살이라고 그는 말했다.

그들을 양육한 기관에서 보호종료 이후의 청년을 위한 자조 조직을 만들려는 노력도 있다. 후견인 없이 세상에 홀로 나서야 하는, 그리고 이 세상을 떠날 때도 홀로여야 하는 청년들을 위한 최소한의 안정장치를 마련하기 위한 노력이지만, 자살자들은 여기에서마저도 외면받는다.

부당한 세상에 분노할 만도 하지만, 그는 세상에 크게 바라거나 기대하는 것은 없다는 말을 했다. 그는 기본적으로 자립심이 굉장히 강한 사람이고, 그의 말 한마디 한마디에는 자신의 삶을 스스로 개척하는 자만이 갖는 안정감과 확신이 있었다. 나이만으로 큰 형님뻘 되는 내 입장에서도 존경스러운 부분이었지만, 그가 겪어온 일들을 생각하면 씁쓸한 기분이 들기도 했다.

사랑의 문제

그러나 그에게도 큰 고민거리가 하나 있으니, 그것은 사랑과 결혼의 문제다. A에게는 작년 말까지 결혼을 생각하던 여자친구가 있었다고 한다. 친구의 소개로 만났고, 연애가 지속됨에 따

라 자연스럽게 결혼 이야기가 나왔다. A를 소개해준 친구는 그
가 보육원 출신이란 걸 모르고 있었고, 그도 굳이 말하지 않았
다. 그래서 여자친구의 부모님이 상견례를 하자는 이야기를 하
셨을 때 그는 갈등할 수밖에 없었다.

그는 여자친구를 사랑했고, 여생을 함께 보내고 싶은 마음
도 컸다. 그러나 자신의 현실을 온전히 밝혔을 때 어떤 일들이
벌어질지 잘 알고 있었다.

"충분히 이해하는 게, 누가 좋아하겠습니까? 귀한 자식이
고아와 결혼하겠다고 이야기한다면요."

그리고 물었다.

"선생님이라면 받아들이실 수 있겠습니까?"

돌이켜 생각해보면, A가 내 눈을 쳐다보며 이 말을 했을 때,
어쩌면 그는 자신의 예측을 뛰어넘는 답을 저 마음속 밑에서 기
다렸던 것은 아닐까 하는 생각이 든다. 그가 자신의 이야기를
하는 일이 없는 만큼, 그런 질문은 아주 드물게 입에서 나와 다
시 조심스럽게 마음속 깊은 곳으로 다시 가라앉을 것이다. 그리
고 나는 그 질문에 대답할 수 없었다.

고민 끝에 A는 결국, 상견례를 앞두고 여자친구에게 이별을 고했다. 왜 이별을 해야 했는지 여자친구에게 말할 수 없었다. 그에게는 이어나가야 할 삶이 있기 때문이었다. 자신이 자라온 과정과 환경을 공공연하게 드러내는 데 따르는 위험이 매우 크다는 사실을 A는 너무나 잘 알고 있었다. 고아라는 사실이 알려지면 레슨을 생업으로 하는 그의 삶에 큰 영향을 끼칠 것이다. 학부모들은 자녀를 가르치는 선생에 대해 얼마든지 냉정해질 수 있다.

　이야기를 마치고 레슨을 준비하기 위해 자리를 정리하던 그는 한 달 후에 열리는, 자신이 참가하는 콘서트에 와달라는 이야기를 했다. 날짜를 따져본 나는 꼭 방문하겠다고 약속했다. 클래식 공연을 가본 것도 정말 오래간만이었다.

다시 콘서트홀에서

로비에서 사진을 찍던 사람들이 대부분 빠져나가고, 선물을 들고 마냥 기다리는 게 어색해질 무렵 A가 나타났다. 나 이외에 그를 기다리는 사람은 없었다.

　"와주셔서 정말 감사합니다."

흔들림 없는 차분한 어조로 그가 말했다.

"제가 감사드려야죠. 오랜만에 귀가 정말 호강했습니다. 다시 바이올린을 켜고 싶어졌어요."

"그럼 다행이네요."

그는 미소를 지었다. 식사를 대접하고 싶었지만, 그는 일정이 있다고 했다.

돌아오면서

차를 몰고 집으로 돌아오는 길에는 오랜만에 현장에서 접한 음악의 여운이 남아 있었다. 바흐의 현악 3중주를 들어본 것도 정말 오랜만이었다. 작은 콘서트장에서 공기를 타고 악기로부터 직접 전달되는 클래식의 연주는, 이제 음악이라고는 기껏해야 차에서 운전할 때나 지하철에서 유튜브로 듣던 나의 마음속 밑바닥에 잠겨있던 수많은 감정을 다시 떠오르게 만들었다.

사실 기꺼이 하겠다고 나선 인터뷰였지만, A를 만나기 전에 나는 두려웠다. 비교적 좋은 시기에 청춘을 보내고, 적절한 행

운을 만나 삶에 대한 큰 고민 없이 적절히 살아가는 중년의 남자가 조심해야 할 것은, 주제넘게 함부로 남의 인생을 평가하거나 관여하려고 하는 일이라 생각한다. 일상에서는 이런 각오와 조심성이 어느 정도 유지가 되는데, 내가 미처 경험해 보지 못한 어려움과 고통 앞에서는 때로 그렇지 못할 때도 있다.

우리가 할 수 있는 일이 적거나 아예 없을 때, 타인의 큰 슬픔 앞에서 느끼게 되는 절망감은 사람을 더욱 두렵게 만든다. 가능하면 그런 일을 피하고 싶다. 내가 감당할 수 없는 일은, 내가 할 수 없는 일이다. 약속을 잡고 A를 만날 시간이 다가오면서 그와의 만남에 대해 점점 더 조심스러워졌던 것은 그 때문이다.

이런 걱정이 나의 기우만은 아니었다. 인터뷰 중에 A를 통해 알게 된 바로는 보호대상아동에 대한 관심으로 시작된 언론의 취재가 그들에게 커다란 슬픔과 공포가 된 사례도 있었다. 그가 졸업한, 보호대상아동들을 위한 학교에 대해 언론사가 오보를 냈던 것이다. 나중에 재판을 통해 시시비비는 가려졌지만, 크게 상처받은 마리아 수녀원에서는 차라리 학교를 없애는 쪽을 택했다. 최근의 일이다. 그들은 사회의 관심이 없었더라면 아직도 다녔던 학교가 남아 있었을 거라 생각한다.

이 커다랗고 복잡하며 모순과 허점이 많은 세상, 그 안에서 겪는 타인의 슬픔 앞에서 우리 개인이 할 수 있는 일은 별로 많지 않다. 자신의 말에 의미와 책임을 담고 싶은 사람이라면 함부로 도움을 입에 담는 것은 더더욱 어렵다. 자신의 길을 혼자서 묵묵히 간, 삶을 온전히 자신의 힘으로 쌓아 올리고 있는 사람들을 함부로 동정해서는 안 된다. 그건 옳지 않을뿐더러 주제넘은 일이기도 하다. 게다가 잘못된 방송이 준 피해사례처럼, 편견 어린 동정이나 잘못된 분노는 오히려 그들에게 고통을 줄 수 있다.

그래서 부모가 누군지 모른 채 이 세상에 던져져서, 세상이라는 까마득한 절벽을 작은 손과 발로 올라가는 청년들에게 우리 세대가 보낼 수 있는 것은 지나친 관심보다는 조용한 응원이라고 생각한다. 그들은 연대할 대상을, 정서적으로나 사회적으로 지지해줄 사람들을 필요로 한다.

하지만 여기에도 주의가 필요하다. 연대란 시혜적이거나, 일방적으로 이루어지는 것이 아니기 때문이다. 우리는 함께 성장해야 한다. 적어도 내가 만난 그는 나이는 나보다 어릴 망정 보고 배울만한 사람이었고, 오히려 내가 한때 세상에서 찾고 싶었던 스승의 얼굴을 닮아 있었다.

정희권

글을 쓰고, 게임을 만듭니다. 교직원, 회사원, 대학교수 등 여러 가지 직업을 거쳤고 지금은 보드게임 만드는 회사를 운영하고 있습니다. 커서 장난감 만드는 할아버지가 되고 싶습니다.

그곳은 도시의 보이지 않는 곳이었다

건축가의 시선으로 본 자립준비청년시설, 그곳에 진정 필요한 것은,

그날따라 일정이 왜 그리 많았는지, 인터뷰 장소에 가기 전까지 거쳐야 할 외부 일정이 세 개나 되던 날이었다. 이 특별한 인터뷰를 바쁜 날 하고 싶진 않았다. 그러나 '그곳'의 방문 인터뷰는 몇 번 퇴짜를 맞은 터라 내 일정을 고려한 시간 맞추기란 사실상 어려웠다. 찾아가는 길, 내 의식은 이미 바닥이 난 상태였다. "목적지에 도착했습니다"라는 내비게이션 소리에 의식이 번쩍 돌아왔다. 여기라고? 여기가 맞나? 여러 번 주소창을 치며 여러 지도 앱을 통해 확인을 했다. 현판을 보니 거기가 맞았다. 그럼에도 그곳의 문턱을 넘어서야 하나 말아야 하나, 나는 머뭇거렸다.

나는 건물에 들어서면 대충 어디쯤에 계단과 엘리베이터, 화장실이 있을지 감을 잡는다. 도시에서도 이쯤이면 있을 법한 건물을 예상하는 편이다. 건축가라는 타이틀이 적어도 죄송스럽지 않을, 공간적 예감이 가능한 최소한의 재능은 가지고 있는 사람이다. 그러나 당도한 '그곳'은 내비게이션이 알려주지 않았다면 절대 멈추지 않았을 장소였다. 주변이 온통 아파트로 둘러싸여 건물이 잘 보이지도 않았다. 특별한 색깔이 너무 없어서 도시에 숨어있는 영역 같았다. 무슨 무슨 시설이라고 쓰인 현판이 확인시켜 주지 않았다면 스쳐 지나갈 만한 곳이었다.

아주 천천히 보이지 않는 문턱을 스르르 넘었다. 여전히 주변을 두리번거리며 들어서는 나를 처음 맞은 것은 입구 쪽 조경 근처에 꼬물꼬물 모여 있던 한 무리의 아이들이었다. 그들은 햇살 가득한 빛처럼, 뽀얀 미소를 지으며 나를 쳐다보고 있었다. 그 아이들의 해맑은 미소를 가르고 들어가는 느낌이었다.

안쪽으로는 입구가 어디인지 애매모호한 낮은 단독 아파트 형상의 건물이 두 채 있었고, 자동차 주차 구획이 그어진 바로 근처에 오래되어 보이는 시설 건물이 하나 보였다. 주변 건물들이 차지하고 난 자투리땅에 지어진 것이 아닐까 싶었다. 건물의 형태며 앉은 배치가 제대로 계획되어 지어졌다기보다는 시간 차를 두고 필요에 의해 하나씩 채워지는 방식으로 들어선 듯 보였다. 나는 어느 건물로 가야 할지 알 수가 없어서 일단 입구와 가까운 건물에 차를 바짝 대고, 차에서 인터뷰 일정과 관련해 전달받은 핸드폰 번호로 전화를 걸었다. 그런 나를 대문 근처 아이들이 여전히 방글방글한 미소로 쳐다보고 있었다. 아까는 운전 중이어서 인사를 못 한 터라 이번엔 나도 방긋 웃음으로 화답했다. 아이들과 교감하는 사이 현관 유리문 저편으로 젊은 여성분이 걸어 나왔다.

보호종료아동, 자립준비청년에 대한 인식의 시작

그곳에 가게 된 계기는 두 달 전으로 거슬러 올라간다. 그 시작은 자립준비청년들, 그러니까 보호종료아동에 관한 르포를 기획하는 <세상의 모든 청년>이라는 프로젝트였다. '보호종료청년', '보호종료아동'은 사실 사람들에게 생소한 단어였다. 그러다 작년 말, 〈스타트업〉이라는 드라마에서 만 18세에 보육원을 나온 남자 주인공이 달랑 책가방과 짐가방을 들고 억수같이 쏟아지는 빗속에서 잠잘 곳을 찾아 헤매던 강렬한 장면이 많은 사람에게 보호종료아동을 알리는 역할을 톡톡히 했다.

나는 건축가로서 보호종료아동에게 적합한 주거 환경에 대한 궁금증이 있기도 했고, 다른 도움도 줄 수 있지 않을까 싶은 마음에 이 프로젝트에 참여를 결정하게 되었다. 만 18세는 보호종료아동이 아니더라도 대학을 가거나 취업 일선에 들어서며 기숙사 입소, 자취 등 주거 독립이 이루어지기 시작하는 나이다. 이제껏 부모와 함께 살던 아이들이 바라는 독립의 형태와 보육원에서 단체 생활을 하다가 나온 아이들이 필요로 하는 독립의 형태는 사뭇 다를 것이다. 그들의 거주 공간은 과연 어떠해야 할까? 나는 그들에게 적합한 주거 형식과 사회적 지원 정책의 해답을 조금 더 가까이에서 찾아보고 싶었다.

"저희는 드라마에 등장하는 숲속의 집에 살지 않아요. 그렇게 상상하지 않았으면 좋겠어요."

'그곳'의 문이 열렸다. 젊은 여자 선생님이 열어준 현관문의 정면에는 2층으로 바로 올라가는 계단이 보였다. 입구의 첫인상은 80년대에 지어진 학교의 현관 같다는 것이었다. 그리 밝지 않은 빛이 복도를 비추고 있었고, 우측으로 현관 가장 가까이에 관리사무실이 있었다. 복도를 끼고 마주 보는 방향으로는 몇 개의 문이 보였다. 커뮤니티 공간이었는데, 주거를 위한 개인실과 다름없는 모습이 커뮤니티를 고려해 계획적으로 배치된 공간은 아니라는 사실을 말해 주었다.

관리사무실 내부는 어두운 복도와 달리 채광도 좋고 깨끗했다. 나는 개방된 회의 테이블에서 오늘의 인터뷰이들을 기다렸다. 약간의 긴장이 등줄기를 타고 흘렀다. 우리는 부모가 없거나, 사정이 있어 보육원에서 성장하는 아이들을 현실에서 쉽게 만나지 못한다. 드라마에 그리 자주 등장하는 것에 비하면 말이다. 드라마틱한 전개를 위해 주인공의 배경으로 자주 등장하는 고아 캐릭터, 산속에 위치한 것으로 그려지는 보육원의 모습은 보호종료아동에 대한 이미지를 우리 머릿속에 쉽게 각인한다. 그러나 이런 이미지는 그들의 현실을 제대로 이해하는 데 별로 도움이 되지 않고, 사회적 편견을 굳히는 역할을 할 때가 더 많다.

직접 보육원에서 성장하는 아이들을 만나본 사람, 그들과 함께 학교에서 생활한 사람은 우리 주변에 얼마나 될까? 나 역시 종교 단체를 통해 보육원이나 유사한 시설에 기부를 하고 있지만, 그곳에 사는 이를 직접 만나본 경우는 없었다. 나만 그럴까? 아니다. 보육원에서 생활하는 아이들은 사회로부터의 불이익을 피하고자 스스로를 잘 숨겨 왔을 것이다. 또 사회 전체로 보면 여전히 부모님 아래서 자라는 아이들의 비중이 훨씬 크다. 그 부모가 제대로 역할을 하고 안 하고 와는 별개로 말이다.

그곳, '자립준비생활관'을 방문한 것도 그래서였다. 주변에서 보이지 않는 보호종료청년들을 직접 만나고, 그들이 거주하는 시설의 환경을 두 눈으로 확인해보고 싶었다. 물 한 잔을 마시며 생활관의 선생님들과 가벼운 인사를 나누고, 시설의 역사를 듣고 있자니 긴 머리 소녀 두 명이 들어왔다. 영화 주인공을 맡기려고 일부러 뽑은 것처럼 예쁜 여학생들이었다. 대문에서 햇살 같은 미소를 던지던 아이들과 마찬가지로 표정이 밝아, 혹시나 나의 방문이 상처가 되지 않을까 긴장했던 마음이 저절로 놓였다.

자립준비생활관이 그나마 안전망이었다.

A는 현재 대학교 4학년으로 보호종료 시점에 대학 진학을 희망했고, 월세와 생활비를 감당할 자신이 없어서 생활관을 선택했다고 한다. 다른 생활관에 기거한 적도 있어서 서울에 있는 생활관은 다 경험한 셈이라고 했다. 이제 곧 대학교도 졸업하고 5년 동안 살았던 생활관에서도 나가야 해서, 앞으로 살 집을 검색하는 것이 요즘의 최대 즐거움이자 고민이라고 했다. B는 자신이 어려서 자란 보육원, 즉 앞 건물에서 자립준비생활관으로 넘어온 경우였다. 처음 보호 종료 시점에는 직장을 선택했고, 2년을 다니다 대학에 진학했다고 한다. 생활관 주거가 무료라서 대학에 가는 게 가능했다고, 생활관에 사는 것의 가장 큰 장점이라고 했다.

A의 경우 생활관에 기거하면서 학교에서 장학금을 받아 아

르바이트를 안 해도 될 정도로 생활하고 있다고 했다. 보육원 생활 당시에 받은 후원금, 보호종료 때 받은 자립 준비금을 잘 모아두었으니 생활관 퇴소 후에는 그 돈으로 자신에게 맞는 집을 구하고, 직장도 구하려고 차근차근 계획 중이었다.

B는 더 놀라웠다. 자립준비생활관 퇴소 전까지 4,000만 원을 모으겠다는 계획이 있었으니까. 생활관 선생님들과 A도 B와 같은 경우는 매우 드문 케이스라고 입을 모았다. B는 대학에 가기 전 다니던 직장을 퇴사할 때 이미 2,500만 원을 모은 상태였고, 보육원 퇴소 시 받은 500만 원의 자립 정착금과 200만 원의 후원금, 이밖에 공식적으로 받을 수 있는 후원, 이를테면 노트북 지원 같은 각종 지원 정책을 누구보다 잘 활용하고 있었다. 직장에 다닐 때는 수급자 자격이 되지 않아 생활지원금 22만 원을 못 받았지만, 대학 진학 후에는 수급자에 해당돼서 저금을 더 잘 할 수 있다고 했다.*

세 살 때 그곳, 보육원에 입소한 후로 지금껏 자립준비생활관에 살고 있는 B와 이야기를 나누는 내내 그 어떤 구김살도 읽히지 않았다. 두 학생 모두 경제 관리도 잘 하고, 자립을 위한 준비를 똑똑하고 야무지게 해내는 청년들이었다. 문득 이곳에 오기 전 들었던 이야기가 생각났다. 생활관 아이들은 각종 혜택

---

* 2021년부터 규정이 완화되어 직장을 다녀도 월급의 70%를 저금하고 있다는 3개월의 근거 기록이 있으면 수급자에 해당되어 생활비를 지원받을 수 있다고 한다.

에 관심도 많고 지원도 열심히 찾아보아서, 오히려 그렇지 않은 아이들과 빈익빈 부익부 현상이 나타나기도 한다고. 생활관에서 생활하는 두 학생을 보니 그 말을 곧바로 이해할 수 있었다.

아이들은 왜 더 이상의 보호를 마다하고 세상으로 나오는가?

자립준비생활관을 방문하기 전, 나는 보호종료아동에 대한 사전 지식이 전무했다. 그래서 첫 인터뷰로 '오늘은'이라는 사회적 기업의 K 국장님을 만나 보호종료아동과 관련된 전반적인 정책과 현황에 대한 정보를 들었다. 우선 세상에 알려진 대로 만 18세를 기점으로 한 아동당 500만 원의 자립지원금이 주어진다. 다만 드라마에서처럼 만 18세가 되면 고등학교를 졸업하기도 전에 무조건 나와야 하는 것은 아니고, 적어도 고등학교 졸업까지는 보육원에 있을 수 있다는 사실을 알게 되었다.

보육원 아이들을 대상으로 하는 보호종료 시점에 대한 사전 교육이 두 차례 (15세에 한 번, 보호종료 시점에 한 번) 있으며, 보호종료아동은 무료로 주거가 제공되는 자립준비생활관에서 만 24세까지 5년간 기거할 수 있고, 생활관에 머무는 동안에는 일정 조건이 충족되면 보호종료 시점에 주어지는 500만 원 외에 매달 20만원 정도의 생활지원금을 받을 수 있다.

자립준비생활관은 현재 서울에 남자 생활관 하나, 여자 생활관 두 개가 있다. 남자 생활관에는 100명가량, 여자 생활관은 각각 40명 정도 수용이 가능하다. 한 해에 보호종료 시점을 맞이하는 아동의 숫자에 비하면 턱없이 부족하지 않을까? 하지만 예상과 달리 자립준비생활관은 언제나 지원 미달 상태라고 했다. 나는 놀라면서도 선뜻 이해가 되지 않았다. 왜 그들은 각종 혜택이 제공되는 생활관을 선택하지 않는 것일까? 나는 당사자들에게 직접 그것을 물어보기로 했다.

"여러분이 경험한 것처럼 생활관에 있으면 각종 혜택이 많은데, 다른 친구들은 왜 이곳에 오지 않으려 할까요? 생활관에 바라는 것이 있다면 무엇인지요?"

두 학생은 이구동성으로 '저녁 귀가 시간 규칙'을 꼽았다. 그 통제가 없다면 더 많은 친구들이 생활관에 오고 싶어 할 거라고. LH 전세자금 지원 정책이 나오고부터는 생활의 자유가 보장되는 그쪽을 선호하는 사람이 많다고 한다. 12시로 정해진 귀가 시간, 이외에도 보건복지부 평가를 받는 기관이 의무적으로 시행해야 하는 자립 교육, 월급의 일정 부분을 저축해야 한다는 규칙 등이 아이들이 생활관을 꺼리는 이유였다.

사실 그런 관리는 그들의 자산을 보호하고, 다양한 위험에 대한 안전망이 되어준다. 정책적 지원과 관리가 필요한 시설에서 통제를 완전히 없애는 것은 사실상 불가능한 일이다. 그럼에도 성년에 이른 나이를 고려하는 방향으로 관리 시스템의 변화가 필요하지 않을까. 정말 그 이유 때문에 더 많은 아이들이 위험에 노출되는 거라면, 디지털 출입 시스템과 공간 시스템 개선으로 보완이 가능하지 않을까 싶었다.

   생활관이 지역마다 있는 게 아니라는 사실도 중요한 이유였다. 남자 생활관은 서울에 하나밖에 없고, 일터나 학교가 있는 지역이 생활관과 멀면 들어오고 싶어도 지원조차 어려운 실정이라고 한다. 큰 규모의 생활관 하나보다 여러 지역에 분포된 작은 생활관이 더 필요하다는 사실을 알 수 있는 대목이었다. 그나마 여자 생활관은 두 개지만, 이곳은 지어진 지 25년이나 되어 방음이나 단열 등 건물의 기능적인 측면이 떨어진다고 했다. 관리 선생님들 역시 절대적인 개선이 필요한 부분이라고 입을 모았다. 바로 앞 보육원에서 생활관으로 온 B는 보육원이 훨씬 집 같은 분위기에, 시설의 상태도 좋았다고 했다. 두 학생은 '그곳'이 지원 미달인 덕에 한 방에 한 명씩, 여유롭게 생활할 수 있어 좋기도 하지만, 물리적으로 개선이 되면 훨씬 많은 이들이 생활관에 지원할 거라는 의견을 내놨다. 건물 연혁을 확인한 결과 생활관은 1980년대에 지어진 건물이었고, 이후 몇 번의 리모델링이 있었다. 보육원은 2000년대에 지어진 건물로 내부 공간은 일반 아파트와 같은 구조라고 한다.

건축적 질문, 물리적 환경 개선에는
과연 무엇이 필요할까?

건축가의 시선에서 공간구조를 보니 방 내부의 구조는 문제가 없어 보였다. 우선 '그곳' 생활관은 우리가 쉽게 상상하는, 여러 명이 한방을 쓰는 그런 대규모 수련원의 구조가 아니었다. 요즘 유행하는 웬만한 공유 주거에 비교해도 개실의 크기도 적당하고, 독립성도 있었다. 부엌이나 화장실도 여러 명이 아닌 두 명이서만 공유하는 방식이었다. 환경이 예상보다 나쁘지 않아 "괜찮은데요?"라고 말씀드렸더니, 얼마 전까지는 그 한 개의 방을 두 명이 사용해야 했다고 한다. 지금은 아이들의 복지를 보장하는 방향으로 법과 방침이 바뀌어 혼자 방을 사용하게 되었다고. 방 배정을 직접 할 수 없는 시스템을 고려하면 이전의 방식대로 두 명이 한방을 쓰긴 좀 무리일 것 같았다.

건물 성능의 물리적 보완은 사실 모든 오래된 건물들 앞에 놓인 숙제고, 의외로 리모델링을 통해 쉽게 해결될 수 있는 부분이기도 하다. 물론 지원금이 확보되어야 하고, 건축가의 사전 계획이 필요하다. 그러나 이보다 더 중요하게 고려해야 하는 부분은 '생활관의 커뮤니티실들이 개실들과 어떤 방식으로 연결되어야 하는가?'이다.

'그곳'에는 각 개실 외에 조금 큰 방에 회의 테이블이 놓인 도서실과 '프로그램실'이라 불리는 컴퓨터실이 있다. 공공지원 시설로써 갖출 최소한의 것은 다 갖춘 셈이었다. A와 B도 생활하는 데 필요한 것은 거의 갖춰졌다는 데 동의했다. 그러나 함께 지내는 사람들과 친해질 수 있는 공간, 외부에서 친구가 왔을 때 담소를 나누며 함께 식사할 수 있는 공간이 부족하다고 지적했다. 공유 주방이 있는 거실 같은 커뮤니티 공간이 필요해 보였다. 기능적 공간을 넘어서 정서적 공간이 필요하다는 뜻이다. 최근 신설되는 공유 주거 공간들이 가장 신경 쓰는 공간이 바로 커뮤니티 공간이다. 특히나 생활관이나 기숙사처럼 방을 배정받는 방식의 시설에서는 방 외에 내부 사람들과 친밀도를 높일 수 있는 공간, 외부에서 친구들이 방문했을 때 편히 머물수 있는 공간이 필요하다. 정서적 공간이 어떤 방식으로 존재하는가에 따라 삶의 질이 달라지기 때문이다.

외부인 인식과 출입을 고려한 공간 계획이 필요하다

방문 후 깨닫게 된, 보호종료아동들의 주거 시설이기에 주의 깊게 고려해야 하는 것이 하나 더 있었다. 그들은 친구나 교제하는 상대와 함께 있을 때 생활관 앞에서 헤어지기가 어려웠다고 한다. '시설'에 사는 모습을 보이는 것이 솔직히 꺼려진다고. 외부인을 고려하지 않더라도, 출입 시 '시설'에 들어온다는 인상을 너무 크게 받는다는 문제점도 이야기했다.

건축적으로 보면 '자립준비생활관이 세상에 어떤 방식으로 존재하는가?'에 대한 문제가 있다. 간단히 말해 '길에서 어떻게 보이는가?'의 문제다. 현재의 생활관은 누가 봐도 시설이다. 집 같지 않다. 내가 들어올 때 머뭇머뭇했던 것처럼. 현판은 이곳이 어떤 시설인지를 방문자에게 강력히 인지시킨다. 격리된 시설의 모습에서 탈피해, 도시를 향해 자연스럽게 열린 입구와 공간의 변화가 무엇보다 필요해 보였다.

이를테면 카페 같은 커뮤니티 공간으로 입구를 대신하고, 그곳을 통해 개별실로 들어가는 방식을 취할 수도 있다. 거주자 입장에서 시설에 들어가는 느낌도 덜 들고, 외부 손님 초대도 쉬워질 것이다. 그렇게 열린 공간은 마을 사람들이 모일 수 있는 커뮤니티 공간이 되어 지원 정책으로 짓는 시설이 마을 전체에 기여하는 2차적 효과도 만들 수 있다. 자체 일자리 창출은 물론, 자립준비생황관 청년들의 코워킹스페이스로 활용이 가능하다는 점에서 경제적 자립을 돕는 공간이 될 수도 있겠다. 도시에 어떤 방식으로 열려 있는가에 따라 자립준비생활관은 도시의 친숙한 장소가 될 수 있고, 거주자들에게 수치심을 느끼게 하지 않는 집이 될 수 있다.

생활관의 경계를 연다면, 다른 환경에서 자란 사람들과 같이 살 것인가? 비슷한 상황의 사람들과 지낼 것인가?

보호종료아동들은 이제까지 단체 생활을 해왔다. 추측으로는 그 누구보다 독립적인 공간을 원할 것 같았다. 그러나 그들이 독립적으로 떨어져 나와서 겪는 외로움은 생각보다 크다고 했다. 나와 인터뷰한 두 학생뿐 아니라 '그곳' 생활관 선생님들과 '오늘은'의 K 국장님 모두가 지적한 사안이었다. 부정적인 편견에 쉽게 노출될 수 있어서 외로움을 드러내기도 쉽지 않다고 한다. 심리적으로 의지가 필요할 때 진심으로 감싸줄 수 있는 인간적인 멘토와 친구, 사람들과 연결될 수 있는 적합한 공간 계획이 필요해 보였다.

보호종료아동이 출연한 유튜브 인터뷰를 보면, 자신들이 보육원에서 성장한 것을 감추고 '보통 사람'으로서 사회에 흡수되고 싶어 하는 모습을 쉽게 발견할 수 있었다. B의 경우 대학 진학 때는 자기소개서에 보호종료아동으로서의 경험을 기입했지만 취업할 때는 기관과 연계되지 않은 곳을 선호한다고, 보호종료아동이라는 정체성을 취업과 연관시키고 싶지 않다고 했다. 자신이 실수를 하면 혹시 시설과 연계해 생각하지 않을까 하는 불안감, 있는 그대로 평가받지 못하고 배경과 결부되어 평가받을지 모른다는 두려움이 있다고 했다.

"생활관의 경계를 열어 상황이 다른 사람들과 섞여 살아보고 싶은 마음이 있을 것도 같은데, 그 부분에 대해서는 어떤 생각을 가지고 있어요?"

"비슷한 상황의 친구들과 생활관에서 생활할 때 좀 더 편안함을 느껴요. 다른 친구들에게 말할 수 없는 사정에 대해 여기서는 소통할 수 있다는 게 좋아요."

그들에게 필요한 것은 집처럼 느껴지는 구조의 건물과 적절한 독립성을 지닌 방이 있으되, 같은 상황의 친구들이 함께할 수 있는 공간이었다.

방문의 경험으로 미루어보아 생활관은 귀가 시간 규칙을 제외하면 경제 교육을 비롯한 자립 준비 교육 등 정보를 쉽게 접

할 수 있을 뿐 아니라 경제적 지원도 확실해서, 자립 준비를 하는 청년들에게 나쁘지 않은 곳이었다. 건축환경적으로도 20대 초반의 학생, 사회인이 갈 수 있는 임대 주거 시설에 비해 결코 떨어지지는 않았다. 그러나 외부에서 접하는 모습이나 시설임이 두드러지게 보이는 통로 등 정서적 배려가 부족한 지점이 많았고, 세밀한 공간구조적 고려가 절대적으로 필요해 보였다. 개실의 독립성을 보장하되 공동 공간을 함께 사용하는 인원 구성을 다양화하고, 개실과 커뮤니티 공간의 관계를 거주자들의 심리적인 부분까지 고려한 방식으로 짤 필요가 있다.

우리는 보다 유효한 지원을 할 시점에 와있다

<세상의 모든 청년> 프로젝트가 시작할 때는 만 18세가 되면 보육원을 나와야 했던 법이 최근 바뀌었다. 몇 달새 보호종료아동이 원하면 보육원에 만 24세까지 머물 수 있는 정책이 발표되었고, '보호종료아동·청년'이라는 말도 '자립준비청년'이라는 용어로 공식 변경되었다.[**] 정치적 이슈와 맞물려 발표되었든 아니든, 고무적인 일임은 분명하다.

그러나 질적인 환경이 뒷받침되지 않는 정책은 무효하다.

[**] 보건복지부, 「보호종료아동 지원강화 방안」, 2021.

생활관에 머물기 어려운 정서적, 물리적 이유를 외면한 채 그저 보호하는 시간을 연장한다면 '만 24세까지 보육원에 있어도 좋다'는 건 실효성 없는 정책이 될 것이다. 성년이 된 청년들은 달라진 것 없는 보육원의 상태를 어떻게 받아들일까? 시스템은 어떻게 바꾸어야 하는지, 공간적으로 무엇을 더 준비해야 하는지, 실질적으로 도움이 되는 지원은 무엇인지 충분히 고민한 후 양적 확대를 이루어야 안전망으로서 바르게 기능할 수 있다.

인터뷰를 통해 알게 된 사실은 우리가 보다 유효한 지원을 할 시점에 왔다는 것이었다. 부모 세대가 못 해준 것을 다음 세대로 대물림 되지 않게 하는 것도 사회의 중대한 역할이다. 약자가 많은 사회는 절대 건강할 수 없다. '보호종료아동들'은 말 그대로 보호 시기가 끝난 아동기를 벗어나, 이제는 사회의 일원이 되는 시작선에 선 '자립준비청년'이 되었다. 자립 준비 기간의 결과는 훗날 그들이 나아갈 시회로 돌아갈 것이다. 바로 지금, 여기, 도시의 보이지 않는 곳에서 자신의 삶을 가꿔가는 이들을 소홀히 여기지 않을 때, 우리가 바라는 건강한 사회는 더 빨리 만들어질 것이다.

전이서

건축의 시선으로 바라본 세상을 , 일상의 언어로 나누고자 글쓰기를
하고 있는 건축가입니다.

보이지 않는 존재, 보호종료아동

ChaPtER 3

우리가 우리일 수 있게

우리에겐 연대가 필요하다.
서로 밟고 밟히며 살아가는 세상은 이제 지친다.
우리는 그냥, 함께 살아가고 싶다. 사실 그게 전부일지도 모른다.
우리를 철저한 이방인으로, 경쟁 사회에 적응하지 못한
나약한 인간으로 만들어버린 세상과 화해하고 싶다.

서른 살 그는 대한민국 사람입니다

퇴근한 사람들로 가득한 금요일 저녁 여섯 시, 자신의 삶을 열심히 살아간다는 '청년'을 만나기 위해 지하철에 몸을 실었다. 여의도역에서 출발한 열차는 이십 분이 채 지나지 않아 상수역에 다다랐고, 곧 약속 장소에 먼저 도착한 그를 만났다. "저는 서른 살 남성이고, NGO 방송국에서 PD로 일하는 직장인입니다." 이정철. 명함 위에 쓰인 이름을 읽고 그를 바라보았다. 눈앞에는 쌍꺼풀진 큰 눈에 무테안경을 쓴, 어딘가 지적인 모습의 직장인이 서 있었다. 퇴근 후 곧바로 이어진 만남에 피곤할 법도 할 텐데, 또렷한 목소리로 자신을 소개하는 모습에 다부짐이 느껴졌다.

"제 고향은 양강도 혜산시 입니다.

2007년부터 한국에서 살고 있습니다."

바로 앞 문장을 읽은 당신의 표정이 궁금하다. '양강도 혜산시가 어디지?'라고 생각한다면, 그곳은 압록강과 두만강을 사이에 두고 중국과 접해 있는 북한의 시市다. 그렇다. 서른 살에 방송국 PD로 일하고 있다던 그는 15년째 대한민국에서 살아가고 있는, '북한이 고향인 사람'이었다. <세상의 모든 청년> 인터뷰를 위해 만나지 않았더라면, 그저 평범한 사회초년생이라고 생각했을 것이다. 그는 어떤 연유로 이곳에 오게 된 걸까? 의문을 품은 채 질문을 시작했다.

"자유를 한번 경험한 새는 새장 안으로

다시 돌아가기 어려워요."

그는 어린 시절부터 울타리 밖 세상을 경험하고 있었다. 중국에서 일한 어머니 덕분에 북한 너머 이야기를 들으며 자라왔다고 했다. 새로운 세상을 경험한 이들에게는 북한이란 장소가 지옥이 된다고 말한 그는, 어린 시절의 자신이 날개가 묶인 새 같았다고 했다. "자유를 경험한 새를 새장에 가두면 병에 걸릴 수밖에 없다"는 그의 말이 무겁게 다가왔다. 북한은 부자와 가난한 이 구분 없이 모두가 묶이고 차단된 채 생각할 기회조차 얻지 못하는 세상이었다. 인간이라면 당연히 가져야 할 권리조차 박탈당한 그곳에서, 그는 다른 이들보다 조금 더 일찍 새로운 세상을 알았고, 시각도 함께 넓어지고 있었다. 그렇게 십 대 중반에 고민할 필요 없이 어머니를 따라 중국으로 도망쳤고, 이듬해 한국으로 오게 되었다.

한국에서 처음 만난 세계는 '학교'였다. 그는 시간이 참 빨리 지나갔다며, 환한 미소를 머금은 채 이야기를 시작했다. "학교생활 자체가 제 한국 생활의 전부였어요." 10년도 더 지난 과거 기억이라 미화될 수 있다고 했지만, 학교에서 친구들을 만나고 인터넷과 게임을 할 수 있는 PC방에 가는 것이 즐거웠다고 했다. 가끔 북한 관련 사건이 터지면 그에게 쏠리는 관심과 동정 어린 시선이 신경 쓰이기도 했지만, 불편함보다는 걱정과 감사함으로 받아들이며 무덤덤하게 지냈다고 했다. 이야기를 들으며 친구들과 어울려 맛있는 것도 먹고 놀러 다니는 사춘기 소년이 떠올랐다. 그의 학창 시절은 안타까운 사연을 가진 청소년이라기보다는, 새로운 교실에 잘 적응한 멀리서 온 전학생에 가깝지 않을까 싶었다.

"영어가 꿈을 꿀 수 있게 도와주었어요."

영어 공부가 좋았다고 말하는 그의 눈빛이 반짝였다. "한국에서 살아가려면 수학이나 다른 어떤 과목보다 영어 공부는 무조건 열심히 해야 해!"라는 말을 수없이 들었다고 했다. 처음에는 어려웠지만 아무 이유를 생각하지 않고 영어책을 펼쳐 들고 공부하다 보니 점점 영어에 빠져들었다고 했다. 그러다 우연히 참가하게 된 영어캠프에서 자원봉사자로 참석한 외교관들을 만나 '정말 멋지다!' 생각이 들었고, 막연하게 북한에서 온 자신이 '외교관이 될 수 있을까?'라는 꿈을 꾸기 시작했다며 담담히 말을 이어나갔다. 전공도 자연스럽게 정치외교학과를 선택했고, 대학 시절 'FSI Freedom Speakers International'라는 단체에서 직원으로 일하며 영어를 마음껏 쓰는 대학 생활을 보냈다.

내가 대학을 다니던 시절에도 영어는 매우 중요한 과목이었다. 하지만 막연히 취업을 위한 영어 공부가 아닌, 새로운 꿈을 꾸며 파고든 언어는 그에게 다른 친구들보다 더 큰 의미로 다가오지 않았을까? 영어가 그에게 더 넓은 세상으로 다가갈 기회를 준 것 같았다. 그는 지금 FSI에서 기조연설자로 활동하며 전 세계인을 대상으로 '평화와 통일'에 대해 강연하고 있다고 했다. 자신은 지극히 평범한 대한민국 대학생이었다고 말하던 그가, 나의 눈에는 이미 민간 외교관이었다.

북한이탈주민과 영어. 그의 이야기를 듣다 보니 얼마 전 읽은 신문 기사가 떠올랐다. 우리가 일상에서 자주 쓰는 외래어가 북한이탈주민들에게는 익숙하지 않기 때문에, 식당에서 음식 하나를 주문하려 할 때도 눈앞이 캄캄해지는 순간을 종종 마주한다는 내용이었다. '아이스 아메리카노'라는 글자가 외계어로 보이는 순간들이 일상이라면? 상상만 해도 숨이 막혔다.

　　실제로 통일부에 따르면, 2019년 기준 탈북 청소년의 학업 중단율은 3% 수준으로 일반 한국 학생 0.94%보다 3배 높은 수준이라 한다. 남북하나재단의 연구에서는 탈북 대학생의 학업 중단 원인이 '영어 공부를 하기 위해 (32.7%)'가 가장 높은 순위를 차지했는데, 그 이유가 북한에서는 영어교육을 아예 하지 않는 경우도 있고, 실시하더라도 큰 비중을 두지 않기 때문이라 한다. 우리에게 흔히 취업을 위한 스펙이나 자기계발을 위한 공부로 여겨지는 '영어'가 북한이탈주민들에게는 순간순간 피부에 직접 와닿는 어려움이 아니었을까. 내가 만난 그가 일반적인 탈북 청소년에 비해 잘 적응한 편이라 다행이기도 했지만, 한편으로 씁쓸함을 감출 수 없었다.

　　이러한 상황을 개선하기 위해 노력하는 기관도 있다. 서울시에 위치한 FSI는 2013년 문을 연 교육센터 'TKNR Teach North Korean Refugee Global Education Center'를 시작으로, 영어 스피치 멘토링, 영문 책 출판을 통해 북한이탈주민들의 역량강화를 돕고 있다.

내가 만난 이정철 씨도 이곳에서 영어를 배워 영어 연사가 되었다고 했다. 나아가 FSI를 통해 영어를 배운 이들이 각자의 자리에서 본인들의 꿈을 다양한 모습으로 펼쳐가고 있다는 이야기도 들을 수 있었다. 북한에서 온 이들에게 '영어를 배운다'는 것은 새로운 곳에서 살아가기 위한 필수요건일 뿐만 아니라 한발 더 넓은 세상으로 나아 갈 기회를 주는 단단한 발판으로 느껴졌다.

"저는 북한을 탈출했지만,
한반도를 탈출해 본 적이 없어요."

그가 대학에서 필수 과목이었던 영어 수업을 듣던 시기의 일이다. 함께 강의를 듣는 사람 중에는 프랑스 교환학생들도 있었다. 그러던 어느 날 인터넷에 북한 관련 기사가 뜨기 시작했다. 당시 우리 육군이 북한군의 지뢰를 밟아 중상을 입은 'DMZ 목함 지뢰 매설사건'이었다. 그런데 다음 날 수업에서 프랑스 친구들이 보이지 않았다. 이유를 들어보니 전쟁이 날까 두려워 일본으로 도망갔다는 것이다. 우리는 북한에서 미사일을 쏘든 말든 저녁에 술을 먹고 걱정 없이 살아가는데, 다른 나라에서 볼 때는 그렇지 않았다. 그는 당시 처음으로 '나는 북한에서 탈출

했지만, 한반도를 탈출한 적이 한 번도 없구나'라는 사실을 실감했다고 했다. 한반도의 분단에서 오는 군사적인 갈등이 우리의 삶과 직결되고 있는 것. 잊고 살았던 순간을 느끼며 충격을 받았다.

　그때부터 그의 꿈은 변하기 시작했다. 언론에 관심이 생긴 것이다. 언론고시를 준비했던 시기가 있었다며 운을 띄운 그의 목소리에 귀를 기울였다. "언론이 어떤 이슈를 해결하거나 봉합하려 하기보다는 갈등을 부추기고 있죠." 그는 소의 '북풍'이라 불리는, 북한 관련 이슈를 정치적으로 혹은 선거에 이용하는 모습을 보며 답답한 기분이었다고 했다. 그리고 학창시절에는 오피니언 리더가 되어 그런 갈등을 해결하고 싶었다며, 지금 돌아보니 참 이상적이고 피곤한 생각이었다며 멋쩍게 웃었다. 하지만 나는 혼자만 살아가려 애쓰는 것이 아니라 다양한 문제에 대해 치열하게 생각하고 해결하고자 했던 그의 이십 대가 대단하게 느껴졌다.

"사실, 북한 주민들은 세상이 어떻게 돌아가는지
평생 알지 못할 수도 있어요. 그것은 비극이잖아요.
북한 주민들이 다양한 정보를 접해서
생각할 수 있는 최소한의 기회를 얻으면 좋겠어요."

언론사 시험을 준비하던 때, 마침 북한 주민에게 다양한 프로그램을 제공하는 민간방송 '국민통일방송 Unification Media Group'에 자리가 났고, 그곳에서 첫 사회생활을 시작하게 되었다. 자신의 능력을 활용해 북한 사람들에게 더 넓은 기회를 제공할 수 있게 된 것이다. 방송국은 북한 주민을 위한 라디오, 유튜브, TV 프로그램을 제작해 북한으로 송출하고 있으며, 그는 라디오 PD로 관련 콘텐츠를 제작하고 있다.

그는 북한 주민에게도 '알 권리'가 필요하다는 말을 유독 강조했다. 그 또한 어린 시절에는 북한 체제가 세상의 전부라 믿었고, 지상낙원이라는 선전, 권력 아래 세뇌되었다고 했다. 수십 년 동안 꼭두각시와 같은 삶을 살아가느라 생각할 수 있는 폭이 굉장히 좁은 북한 주민들에게 그가 일하는 회사는 세상이 돌아가는 뉴스, 정보를 제공하며 최소한의 시야를 열어주기 위해 노력하는 곳이었다. 여러 가지 정보가 주어지고, 그중에서 자신이 원하는 것을 선택할 수 있는 '권리'를 가지는 것. 그것이 국민이 가져야 할 최소한의 기본권리라 힘주어 말하는 그의 태도에 확신이 스며들었다. 선택의 기회가 충분했던 나조차 손발이 묶이는 순간이 오면 답답하기 마련인데, 그가 말하던 최소한의 권리는 무엇이었을까. 그가 만든 콘텐츠에는 어떤 내용들이 포함되어 있을까. 미리 방송을 찾아보고 오면 좋았을 거라는 아쉬움이 밀려왔다.

내가 만난 정철 씨는 다행히 취업의 바늘구멍을 잘 뚫고 비교적 자리를 잘 잡은 편이었다. 하지만 실제로 북한이탈주민에게 취업과 정착은 험난한 과정이라 한다. 2019년 기준 하나원의 직업교육훈련 수료율은 87.7%지만, 취업 현황은 '단순 노무 종사자(22.5%)', '서비스 종사자(18.1%)', '장치, 기계 조작 및 조립 종사자(11.7%)' 순이라 한다. 특히 한국에서 대학을 졸업한 북한이탈청년들도 취업의 마지막 문턱에서 보이지 않는 편견에 좌절하고, 도피처로 대학원을 선택하는 경우도 많다고 한다. 취업이 늦어질수록 이들의 안정적인 정착은 어쩔 수 없이 지연되는 것이다. 북한이탈주민 역사는 이미 30년이 훌쩍 넘어섰다고 하는데, 우리는 보이지 않는 벽을 쌓아가고 있지 않았을까. 학교를 졸업하고 PD라는 직업인으로 성장하는 이정철 씨를 보며, 앞으로 더 많은 직군에서 자신의 에너지를 쏟아내는 북한이탈주민을 만나보았으면 하는 상상을 했다.

"저는 분단을 원한 적이 없어요. 굉장히 소모적이잖아요.
누가 해야 하는 것이 아니라, 같이 갑시다.
한반도의 문제는 청년이 아니라
모두 다 같이 책임지고 노력해야 하니까요."

외교관, 언론인, 그의 다음 꿈이 궁금해졌다. 과거의 꿈들이 너무 거창했다며 지금은 평범한 직장인이라 말하던 그가, 이제는 특정 꿈이 없는 대신 바람이 있다고 했다. 바로 한반도가 평화로운 사회가 되는 것이다. 한국에 온 이후 분단국가라는 사실을 가끔 잊고 살았지만, 작은 땅덩어리가 쪼개져 남자들이 모두 군대에 가야 하는 현실부터 소모적이고 안타깝다 말했다. 갈등을 이용해 또 다른 갈등을 만들어 내는 이들이 무책임해 보인다는 그의 목소리는 진지했다. 가끔 통일 관련 세미나에 참석하는데, 그곳에서 듣던 이야기들이 답답했다며 말을 이어 나갔다. "다음 세대인 너희들이 통일을 이뤄가야 한다"는 이야기를 자주 듣곤 했는데, '성숙한 사회 구성원이라면 누가 하는 것이 아니라 모두가 책임을 지고 추상적인 이야기를 구체화시켜 행동해야지 않을까?'라는 생각이 들었다고 했다.

그는 대학교 때 교수님께 들었던 인디언 속담을 좋아한다. "우리가 지금 살아가는 이곳은 물려받은 것이 아니라 후손들에게 빌려온 것이다." 오늘날 한반도 문제 또한 너와 나 모두의 문제로 받아들이고, 기성세대와 청년이 함께 해결해 나갈 과제로 느꼈으면 한다는 그의 말에, 일상에 치이느라 통일이나 분단에 대해 깊게 생각해본 적이 없던 나의 마음이 떠올라 부끄러워졌다.

> **"저도 똑같은 대한민국 청년입니다.**
> **집 문제, 결혼 문제, 미래에 대한 고민이 있어요."**

마지막으로 그의 고민에 대해 들어보았다. 지금은 집, 결혼, 미래에 대한 고민이 있다고 했다. 내가 안고 있는 고민과 크게 다르지 않았다. 금요일까지 직장에서 일하고 퇴근한 그와 나는 태어난 고향만 다른 대한민국 국민이었던 것이다. 탈북자든, 새터민이든, 북한이탈주민이든, 어떤 이름으로 불리든 간에 한국에서 살고 있다면 모두 똑같은 대한민국 청년이라는 그의 말이 유난히 와닿았다. 그는 분단이 해소되면 블라디보스토크까지 차나 기차를 타고 가서 유라시아 횡단을 하고 싶다고 했다. 그런 이야기를 나누다 보니, 평화로운 한반도를 되찾고 싶다는 그의 바람이 우리 모두의 바람이 되어야 한다는 생각이 들었다.

인터뷰가 끝나고 그가 일하고 있는 '국민통일방송' 유튜브를 찾아보았다. 여러 동영상 중에 유난히 와닿은 내용은 20~30대 청년들이 모여 대화를 나누는 내용이었는데, 우리에게 'MZ세대'가 있다면 그들에게는 1990년대에 태어난 청년층, '장마당 세대'가 있었다. 이들은 어린 시절 '고난의 행군' 아래 부모보다 일찍 시장 경제를 경험하고 국가에 대한 충성심보다는 먹고사는 문제를 먼저 마주했다고 한다. 한국 노래와 드라마를 접하며 자랐고, 정부보다 개인의 삶을 중시하는 세대. 모니터 앞에서 만난 이들이 나누던 연애, 취업, 결혼에 대한 고민을 들으며 그들과 내가 살아가는 지금 삶이 크게 다르지 않다는 것을 새삼 느꼈다. 그들이 이곳으로 올 때까지는 상상할 수 없는 어려움을 겪었을지도 모른다. 하지만 이후의 삶은 대한민국 국민으로 적응하고 살아간 '점'의 순간들이 모여 지금까지 이어진 '선'이 되었다는 생각이 들었다.

2020년을 기준으로 대한민국에서 함께 살아가는 북한이탈주민들은 이미 3만 3,000명을 훌쩍 넘어섰다고 한다. 그들의 정체성 유형은 네 가지로 분류된다. 고향이 북한인 한국사람(북한사람 정체성을 드러내면서 대한민국 국민으로의 자부심이 높은 사람), 북한 출신 한국 국적자(북한 출신이어서 차별을 받으며 북한사람으로 남을 수밖에 없다고 생각하는 사람), 탈북한 한국 국적자(자신을 북한사람 취급하는 것에 강한 거부감을 나타내는 사람), 탈국가적인 개인주의자(국가 정체성에 관심이 없는 사람) 등.[*] 내가 만났던 이정철 씨도 서울에서 하루하루를 살아가는 '고향이 북한인 한국사람'이었다. 이처럼 다양한 북한이탈주민들이 자신의

---

[*] 김병욱, 「북한이탈주민학회 10주년 학술대회」 발언, 2016.

정체성을 숨기거나 부정하지 않고, 그저 각자의 '다름'을 인정받을 수 있다면 좋겠다. 스스로 어떻게 생각하든 그는 대한민국 국민으로 나와, 당신과, 우리 사회의 구성원 모두와 함께 살아가고 있으니 말이다.

전지은

직장인, 연구자, 심리상담사로 일하며 살아가는 n잡 사회인입니다.

섬세하게 바라보고, 들으며, 소통하는 사람이 되고 싶습니다.

브런치 brunch.co.kr/@recoverymusic

페이스북 facebook.com/jeeeun.jeon.9

우리가 우리일 수 있게

목숨 정도는 걸고 삶을 헤쳐나가는
서른 살 '은희'의 이야기

강원도 원산에서 태어난 대한민국의 그녀

"빨간 머리, 미니스커트, 반짝이는 코걸이"

강렬한 붉은색의 긴 셋팅 펌 머리 그녀는 미니스커트를 입고 있
었다. 내가 앉아 있는 소파로 다가올 때는 진한 아이라인의 눈
아래 콧방울 위로 반짝이는 코걸이가 눈길을 사로잡았다. 자유
로워 보이는, 강렬한 빨간 머리 아가씨. 2018년 12월, 추운 겨울
에 만난 그녀의 첫인상이었다. 한 강연장에서 강연자로 처음 만
난 우리는 서로의 이야기에 공감하고, 눈물을 머금었고, 고민하
며 가까워졌다. 3년 정도의 시간이 흐르는 동안 가끔 만나 서로
의 일상과 고민을 공유한다.

그럼에도 정작 궁금한 이야기들은 차마 물어보지 못했다. 목숨을 걸고 2012년 북한에서 탈출했다는 그녀. 첫 만남에서 얼핏 들었던, 강연 속 심연의 이야기들을 함부로 꺼내서는 안 될 것만 같았다. 내 호기심이 혹시라도 들추고 싶지 않은 기억을 헤집어 상처를 내진 않을까, 나의 궁금함을 해소하고 싶은 이기심은 아닐까 하는 염려 때문이었다. 이 글을 위한 인터뷰조차 며칠을 고민하다, '세상의 모든 청년을 만난다'는 프로젝트의 취지를 설명하며 연락을 남겼다. 메시지를 보내놓고 기다리는 그 몇 시간, "언니, 나 인터뷰 괜찮아."라는 그녀의 대답에 쿵덕대던 마음이 안정되었다. 그렇게 3년 동안 물어보지 못한 그녀의 이야기를 들어볼 수 있었다. 나는 몇 번이고 눈물짓고, 감동했다가, 마지막에는 이야기를 들려주고 이렇게 살아가고 있는 그녀에게 감사했다.

"나, 긴 머리해보고 싶고, 짧은 치마가 입고 싶었어."

한국에 왜 오고 싶었냐는 질문에 대한 그녀의 대답이었다. 열여덟 살 무렵의 그녀는 북한에서 화학을 전공하던 대학생이었다. 어느 날, 그녀를 좋아하던 한 남학생이 몰래 USB를 건넸다. 누가 상상이나 했을까? 그 안에 들어있던 한국 드라마가 그녀를 이곳으로 오게 할 줄. 〈개와 늑대의 시간〉이라는 한국 드라마가 담겨 있던 작은 USB 안에서, 그녀는 지금까지 상상조차 못 했던 커다란 세상과 만났다. 어떠한 억압도 없이, 누구라도 자유롭게 자신을 드러낼 수 있는 세상. 여성들이 마음껏 꾸밀 수 있는 세상. 그 세상을 알고 난 후로는 자신을 둘러싼 현실이 답답해지기 시작했다.

"북한에서는 외출할 때마다 머리가 너무 긴 것은 아닐까? 이 바지 너무 붙는 거 아니야? 항상 긴장하며 다녔거든. 내 몸뚱어리 하나 내 맘대로 꾸미지 못하는 현실이 가슴을 조이듯이 답답했어. 그리고 드라마 속 여자들처럼 인간답게 살고 싶다는 꿈이 생겼어."

지금은 불편해서 잘 입지 않는 짧은 치마조차 그녀에게는 '인간다움'이었다는 사실에 잠시 멍해졌다. 그 인간다움을 향한 간절함이 그녀로 하여금 목숨까지 걸게 했다. 그 후 그녀는 4년 동안 떠돌이 생활을 하며 남한으로 향할 준비를 했다. 함께 살던 할머니 집에서 3개월, 이모 집에서 3개월, 삼촌 집에서 3개월, 그렇게 집을 옮겨가며 지냈다. 탈북자를 찾는 수사에 혼선을 주기 위한 준비였다. 2012년, 50여 일간 압록강을 건넌 그녀는 중국, 라오스, 태국을 거쳐 마침내 한국에 도착했다. 그녀의 이름은 '은희'다.

"내가 외계인이 된 것만 같았어.
소통이 가장 힘들었던 거 같아."

국정원에서 간첩인지 아닌지 확인받는 몇 달의 시간을 보내고
난 뒤, 그녀는 '하나원'에 입소했다. 하나원의 정식 명칭은 '북
한이탈주민정착지원사무소'로 북한이탈주민들의 사회정착지
원을 위해 설립된 통일부 소속 기관이다. 하나원 생활에서 가장
힘들었던 것은 낯선 환경, 음식, 그리움 등이 아니었다고 했다.
오히려 그녀를 괴롭게 한 건 일상적인 말, 외래어였다. 하루는
수업시간에 선생님이 "오늘 내가 컨디션이 별로 안 좋네요"라
고 하셨다. 컨디션이 무엇인지 몰랐던 그녀는 "컨디션이 뭐예
요?"라고 물었다. 한번은 팀 프로젝트를 진행할 거라는 이야기
를 들었는데 '프로젝트'가 무슨 말인지 몰라 당황했다고 했다.

　　얼마 전 봤던 예능 프로그램이 떠오른다. 여러 명의 출연자
가 외래어 쓰지 않기 게임을 하고 있었다. 아무리 안 쓰려고 노
력을 하고 작정을 해도 무의식적으로 마구 튀어나오는 외래어
들. 출연자들을 보는 나도 웃음이 터졌다. 그렇게 자각하는 것
이 어려워, 사용하지 않는 것이 게임이 될 만큼 외래어는 자연

스럽게 우리 삶에 녹아들어 있다. 하지만 은희에게 외래어는 산과 강을 건너 도달한 새로운 땅만큼이나 낯설었다. 외래어의 장벽은 단순히 물어보며 알아가야 하는 소통의 문제가 아니었다. 하나원 퇴소 후 본격적으로 맞닥뜨린 생계와 직결된 현실의 벽이었다.

**"북한에서 남한까지 오는 데 50일 걸렸는데,
100년은 지나가 버린 것 같았어."**

치킨집에서 일할 때의 일이다. "오프너 좀 주세요"라는 손님의 요청에 은희는 머뭇거렸다. '무슨 말이지?' 잠시 고민하던 그녀는 창문을 열었다. '오픈'은 '열다'라는 의미임을 어디선가 얼핏 본 기억 때문이었다. 조금 뒤 손님은 "오프너 왜 안 가져다줘요?"라며 그녀를 타박했다. 그 순간 은희는 주눅이 들었다. 그러나 치킨집에서의 어려움은 아무것도 아니었다. 치킨집 전에 아르바이트를 했던 '파리바게트'는 하나원에서 나와 처음으로 잡은 일자리였는데, 호된 고생을 하고 한 달 만에 그만두어야 했다. "내가 외계인이 된 것 같았어. 같은 한국 사람인데 소통이 이렇게 힘들 줄은 전혀 몰랐어."

　'파리바게트'라는 공간의 모든 것이 그녀가 경험했던 세상과 전혀 달랐다. 빵집 이름부터 낯설었는데 진열대 위의 빵 이름이 수십 가지는 되었다. 외래어가 수두룩해서 도무지 읽히지도 않았다. 문제는 이뿐만이 아니었다. "안녕하십니까?" 북한 억양을 품은 인사를 시작함과 동시에 사람들의 시선이 그녀에게 꽂힌다. 그러고는 어디서 왔냐는 질문이 이어졌다. 그 뒤로는 인사를 해야 하나 말아야 하나 고민스러워졌다. 여기까지는 혼자 참고 견디면 되는 문제였다. 그런데 기계를 사용해서 카드로 계산하는 것은 전혀 듣도 보도 못한 미지의 세계였다. 북한에서는 현물과 현금의 거래만이 존재했었다.

은희는 나에게 이렇게 말했다 "지금 생각해 보면 타임머신을 탄 느낌이었어. 북한에서 남한까지 오는데 걸린 시간이 50일이었는데, 그때의 나는 한 세기를 건너뛰어 온 것 같았거든." 빵 사진과 어려운 이름을 휴대폰으로 찍어 집에 가서 외우는 노력도 해보았지만 통하지 않았다. 그만큼 우리, 북한과 남한 사이의 간극은 컸다. 그녀는 결국 첫 번째 아르바이트에서 한 달 만에 해고되었다. 이제는 외래어가 능숙해진 그녀는 옛날 생각이 나는지 쓸쓸하게 웃었다.

"새터민 정착금 700만 원을 모두 브로커한테 줘야 했어."

1999년 경기 안성시에서 '북한이탈주민정착지원사무소'로 시작한 하나원은 지금까지 3만 명 이상의 북한이탈주민을 교육해왔다. 북한이탈주민의 숫자는 2020년 12월 기준 3만 3,000명가량이다.* 한국에 입국한 북한이탈주민은 국정원, 경찰청 등에서 간첩 여부를 판단하기 위한 심문 기간을 거친 뒤 하나원에 입소하여 12주간의 사회적응교육을 받게 된다. 현재 하나원을 퇴소한 북한이탈주민은 1인 세대 기준 정착지원금 800만 원과 주거지원금 1,600만 원을 초기 정착금으로 지급받는데, 은희가 남한에 왔던 때는 총 지원금이 700만 원이었다.

은희는 북한에서 온 이들을 위한 한국의 시스템이 잘 되어 있다고 했다. 감사하다고도 했다. 하지만 정신없이 지나간 하나원 생활을 마친 뒤 홀로서기를 시작해야 했던 그날 밤의 헛헛함은 아직도 생생하다고, 조금은 낮은 톤으로 말을 시작했다. 난생처음 11층이란 높은 아파트에 혼자 덩그러니 남겨진 기분을 그녀는 어떤 단어로 표현해야 할지 몰랐다. 북한에서 그녀는 한 번도 그런 높은 곳에서 살아본 적이 없었다. 무엇보다 허기진 배를 채우기 위해서는 당장 아르바이트를 찾아야 했다. 북한이탈주민들은 정착지원금 400만 원을 선지급 받고, 나머지 300

---

* 통일부 홈페이지, 「북한이탈주민정책 현황」

만 원은 분기별로 100만 원씩 나눠 받는다. 하지만 그녀는 탈북을 도와준 브로커에게 700만 원을 모두 줘야 했다.

북한을 떠나기로 마음먹었다면 믿고 의지할 수밖에 없는 존재는 바로 브로커이다. 브로커 중에는 중국어를 구사하는 조선족이 많다. 탈북자 대부분이 중국에서 거주하다가 브로커와 계약을 맺어 남한으로 오기 때문이다. 이 과정에서 북한이탈주민은 철저히 을의 입장에 놓인다. 불공정한 일들이 시시때때로 벌어지는 것은 물론, 여성 북한이탈주민은 중국으로 팔려 가는 경우도 많다. 탈북 사실이 북한에 알려지면 가족의 안위까지 위험에 처하는 그들에게 다른 선택지가 있을까. 그들은 한국에 왔지만 그들의 가족은 아직 북한에 있다. 가족을 볼모로 잡힌 그들은 브로커가 요구하는 대로 금액을 지불할 수밖에 없다.

북한이탈주민의 수가 증가하면서, 한국에 입국한 북한이탈주민이 비용을 제대로 지불하지 않아 브로커가 소송을 제기해 법정 다툼이 발생하는 경우도 있다. 이에 국내법 적용 여부와 반사회 질서·불공정 법률 행위 등의 판단에 있어 탈북 용역계약을 다루는 법원의 고민도 깊어지고 있다고 한다. 손쉽게 계약의 효력을 부정할 경우, 북한이탈주민의 인권에도 악영향을 끼칠 수도 있기 때문이다.[**]

** 헤럴드경제 「탈북자 3만명 시대의 그늘…법정 가는 ‘탈북 브로커 계약’의 효력은」, 2015.06.16.

"3년 동안 4시간 넘게 자본 적이 없었어.

결국 폐결핵에 걸린 거야. 북한에서는 죽는 병이거든."

정착지원금을 브로커 비용으로 모두 준 은희는 그야말로 악착같이 삶을 살아내었다. 사회 진출을 시작한 하나원 퇴소자에게는 정착금 이외에도 직업훈련장려금, 자격취득장려금, 취업장려금 등이 지급된다.*** 하지만 은희는 자격취득장려금 때문이아니라, 정말로 회사에 입사하기 위해 자신을 모두 소진해가며자격증을 취득하려고 고군분투했다. 컴퓨터 학원에 다니며 주말이나 학원에 가지 않는 날에는 고깃집 등에서 알바를 했다. 그렇게 하루에 겨우 서너 시간만을 자며 쉼 없는 생활을 이어갔다. 그런데 하루는 기침이 계속 나더니 며칠이 지나도 가라앉지않았다. 병원에 가보라는 동료의 말에 혹시나 했던 그녀는 의사의 진단에 좌절했다. 폐결핵이었다. 눈앞이 깜깜해지며 하염없이 눈물이 흘렀다.

"남한에 와서 즐거운 시간은 한 시간도 보내지 못하고 열심히만 살아왔는데 폐결핵이라니. 이제 죽는구나 생각하니 엉엉울음만 터져 나왔어. 북한에서 폐결핵은 죽는 병이거든."

***

*** 통일부 홈페이지, 「북한이탈주민정책 정책지원제도」

담담한 은희 목소리에 나는 눈물을 삼켰다. 꿈꾸던 드라마 속 여자들처럼 예쁘게 꾸며보지도 못하고 일만 하다 병에 걸려 죽는구나, 절망했을 그때의 그녀가 너무 안쓰러웠다. 그런데, 지금 은희가 있는 곳은 북한이 아니라 대한민국이었다. 폐결핵은 감기처럼 나을 수 있으니 걱정하지 말라는 의사의 말이 그녀를 일으켜 세웠다. 8개월간 치료를 받아 나았고, 지금은 흔적도 없다며 웃으며 말하는 모습에 나도 미소 지을 수 있었다.

"언니, 나는 여기 와서 소고기를 먹을 수 있는 게 너무 신기했어."

어떻게든 빨리 회복하고 싶어 처음으로 소고기를 사 먹었다고 했다. 북한에서 소고기를 먹은 사람은 공개처형 대상이라고 했다. 주민들이 허기짐을 참지 못하고 소를 잡아먹는 일이 발생하기도 하는데, 그녀는 어릴 때 소를 잡아먹어 공개 처형당하는 모습을 종종 봤다고 했다. 들으면서도 믿기지 않았다. 농사를 짓는 데 중요한 역할을 하는 소는 절대 잡아먹으면 안 되는, 사람 목숨보다 소중한 생명이라는 것이다. 소고기를 마음껏 먹으며 그녀는 자신이 다시 한번 자유의 나라에 있음을 체감했단다.

"존 리 대표님께 직접 편지를 써서

자산운용회사에서 인턴으로 일하고 있어."

은희는 자격증을 취득하고 회사에서 일하다, 서울의 한 대학 경영학과 학생이 되었다. 지금은 4학년에 재학 중이며, 메리츠 자산운용회사에서 인턴 생활을 병행하고 있다. 은희는 여전히 초인적으로 삶을 살아내는 중이다. 지난 몇 년간은 경영학을 전공하면서 시험 기간만 되면 앓는 소리를 하는 평범한 대학생이기도 했단다. 그도 그럴 것이 그녀에겐 경제, 경영 개념이 전혀 없었다. 전공 과정을 따라가는 것만도 힘에 부치는 건 당연한 일이었다.

그러던 중 공부를 위해 인터넷에서 본 존 리 대표님의 강연이 무척이나 인상적이었다. 마음이 움직이면 몸이 움직이는 은희는 그가 쓴 책을 읽고, 주식 관련 서적을 여러 권 읽은 뒤 그에게 직접 메일을 보냈다. 자신이 누구이고, 왜 대표님과 일을 하고 싶고, 무엇을 배우고 싶은지를 솔직하게 담았다. 3시간 만에 답장이 왔고, 그녀는 이력서를 보내고 면접을 봤다. 그리고 지금은 바로 그 회사에서 일하고 있다. 그녀는 자신의 삶을, 미래를 직접 만들어 간다. 목숨 걸고 압록강을 건너 이곳에 온 그녀는 어떠한 일도 그보다는 어렵지 않다고 느낀다.

"나는 차별을 그냥 받아들이는 것 같아."

차별에 대해 조심히 이야기를 꺼냈을 때 은희 입에서 나온 의외의 대답에 나는 휘둥그레졌다. "우리는 외국인은 채용 안 합니다"라며 기회조차 주지 않는 곳이 많았다. 외국인이라니. 나는 뭐라 해줄 말을 찾을 수가 없었다. 그런데 그런 사람들에게서 받은 상처를 잊을 만큼 선의를 베풀고 도움을 주는 사람들도 많았다. 은희는 자기가 북한에서 왔다는 이유만으로 도움을 받는 것에 감사하다고 했다.

은희가 아는 어느 북한이탈주민은 이런 이야기를 했다고 한다. "우리가 이 땅에 풀 한 포기, 나무 한 그루 심지 않았는데 이 나라는 많은 것을 줬어요. 시민권을 주고, 자유를 주고, 선진 경제를 경험하게 해주고." 은희는 무엇보다 자신을 드러내도 억압받지 않는 자유가 있는 것, 그리고 전 세계 어디든 마음껏 갈 수 있는 기회가 있다는 것에 많은 북한이탈주민이 감사를 느낀다고 했다. 그래서 그에 따르는 차별도 어느 정도는 받아들인다고 담담하게 말했다.

하지만 한편으로는 마음이 묵직해졌다. 그녀가 대한민국으로부터 많은 것을 제공 받았다고 해서, 그것이 차별의 근거가 될 수 있는 것일까. 나는 그녀가 은연중에 그러한 압박감을 느끼며 살았던 것은 아닌지 씁쓸했다. 무언가를 받았다는 이유가 부당함을 참아야 할 이유가 되어서는 안 된다. 누군가를 지원하는 정책에서도 우리는 감수성을 잊지 말아야 할 것이다.

"돈을 많이 벌어서 통일이 되면,
북한에 가서 그곳을 발전시키고 싶어."

은희는 돈을 많이 벌고 싶다고 했다. 경제와 경영을 배우면서 돈을 많이 버는 여자 CEO가 되고 싶다는 꿈이 생겼다. 당장 내일 먹을 밥을 걱정하는 생활을 하던 그녀에게 돈이란 생존의 수단이다. 그녀는 오히려 처음부터 민주주의와 자본주의 사회에서 소비에 익숙했던 이들보다, 북한에서 온 자신이 생존 수단으로서의 돈에 더 민감할 수 있다고 했다.

　그리고 통일이 되면 남한과 북한의 사회를 모두 다 겪은 경험과 경제력력을 바탕으로, 두 사회의 격차를 해소하고 통일된 이후 북한지역을 발전시키는 데 기여하고 싶다고도 덧붙였다. 흔한 외래어조차 낯설어 아르바이트도 못 했던 그녀는 'TEDx', '오슬로 프리덤 포럼Oslo Freedom Forum'에서 영어로 강연하며 자신의 이야기를 전하고 있다. 통일된 대한민국에서 그녀의 역할이 그려진다.

"강원도 원산에서 태어난 대한민국 시민입니다."

독자들에게 자기소개를 해달라는 나의 부탁에 나온 그녀의 대답이다. 은희는 북한에서 온 이들을 대한민국의 한 지역 출신으로 여겨주었으면 좋겠다고 했다. 그리고 <세상의 모든 청년>을 통해 처음 북한이탈주민을 접하는 분들에게 하고 싶은 이야기가 있냐는 마지막 질문에는 다음과 같이 답했다.

"나는 북한 사람을 바라볼 때 여러분의 가족을 생각했으면 좋겠어요. 같은 엄마에게서 태어났어도 성격도 다르고, 재능도 다르잖아요. 북한 사람들 볼 때에도 그룹화하지 말고 하나하나의 개인으로 봐줬으면 좋겠어요. 북한에서 온 누군가가 실수를 하면 하나로 그룹화해서, '북한 사람들 왜 이래?'라는 편견을 가지시는 분들이 많아요. '북한에서 와서 저렇구나'가 아니라 '그냥 저 사람은 저렇구나'라고 생각해 주셨으면 해요. 개개인의 차이와 다름이라는 것을요. 그리고 다르다는 것은 창의성의 기본이라고 생각해요. 다른 이야기가 많은 것은 성장할 자산과 자본이라고 생각하거든요. 저는 강원도 원산에서 태어난 한 명의 대한민국 시민입니다."

인터뷰를 하고 몇 개월이 지난 지금, 그녀는 미국으로 떠났다.

대학교 졸업 사진만 찍고, 졸업장도 받기 전에 더 넓은 세상으로 옮겨갔다. LA에서 한국인이 운영하는 회사에 취직했기 때문이다. 그녀의 열정은 코로나도 막을 수 없었다. 이제는 누구보다 자유로운 삶을 사는 은희가 새로운 세상에서 경험할 모든 일을 응원한다. 그리고 혹시 또 마주할지 모르는 어려움들이 크지 않기를 기도한다.

박지영

한국어와 영어 사이를 왔다갔다하며 통역과 번역 일을 하고 있습니다. 세상과 세상, 사람과 사람들 사이의 소통을 도우며, 누군가에게 도움이 되는 글을 쓸 수 있기를 소망합니다. 『통역사로 먹고살기』를 집필했습니다.

더 큰 아픔

탈시설 정책과 시설 거주 장애인의 이야기

늦은 밤의 통화

"남성 장애인과 여성 비장애인 중에 누가 약자라고 생각하세요?"

밤 10시가 다 되어 전화를 걸어온 지형 씨는 대뜸 물었다. 선뜻 답하기가 어려웠다. 물리적인 힘의 세기를 묻는 게 아니라면, 이 질문은 누가 더 '사회적 약자'라고 생각하는지 묻는 걸까? '약자가 존중받는 사회', '약자 보호', '약자에게 제공되어야 하는 복지', '약자를 돕자'. 이런 단어들이 줄줄이 떠올랐고, 일단 솔직해져 보기로 했다.

"글쎄요. 부끄러운 얘기인데 잘 모르겠어요. 하지만 지형 씨는 사회적 약자잖아요. 저는 약자가 아니고요."

'지이잉' 긴 복도를 달리는 전동 휠체어 소리가 수화기 너머로 들려왔다. 지형 씨가 말이 없어서 나의 대답 때문에 화가 난 건 아닌가 걱정이 됐다. 이내 조용해진 장소에 도착했는지, 목소리가 다시 들려왔다.

"저는 사회적 약자라는 말을 좀 안 좋아해요. 대신에 사회적 소수자라고 말해요. 사회적 약자가 있다는 말은 반대로 사회적 강자가 있다는 걸 인정하는 거기 때문에. 저는 사회적 강자가 있다고 인정하지 않아요. 우리가 인정해버리면 강자는 존재하는 거고, 우리가 인정하지 않는다면 언젠가는 그 강자도 없어질 테니까."

약자가 있음을 인정하는 것은 반대로 강자가 있음을 인정하는 것과 같다는 말이었고, 지형 씨의 말은 '사회적 강자'라는 말이 주는 낯섦, 그리고 불편함을 상기시켰다. 약자라는 말은 언론에서, 또 일상에서 얼마나 쉽게 쓰여 왔던가. 누군가를 쉽게

'약하다'고 정의를 내렸던 나와 이 사회는 얼마나 강자의 시선으로 타인을 바라봤던가.

"이제 자야 해요."

자정에 가까운 시각. 지형 씨와의 통화를 마무리했다. 두 달 전, 지형 씨가 살고 있는 장애인복지시설에서 일련의 인권침해 사건이 있었다. 관련 내용을 지형 씨가 언론사에 제보했고, 그 제보 전화를 받은 사람이 나였고, 우리는 그렇게 알게 된 사이다.

고아, 중복장애, 꿈

김지형. 1997년생. IMF가 터지던 해에 태어났다. 키 164cm에 몸무게는 약 42kg. 얼굴에는 유쾌한 장난기가 가득하고 까무잡잡한 피부에 짧고 곱슬한 머리카락을 가졌으며, 안경을 끼고 전동 휠체어를 탄다. 지금은 서울 근교에 있는 한 장애인 재활센터에 살고 있다. 다섯 살이 되기 전에 요양원에 들어왔다. 생물학적 부모에 대한 기억이 없다. 요양원과 재활원에서 자라왔고 지체장애특수학교를 졸업했다.

장애는 중복될 수 있다. 이를 중복장애라고 부르는데, 지형 씨는 언어장애와 행동장애를 한 번에 가지고 있다. 정확히는 뇌성마비에 의한 중복장애다. 근육을 마음대로 움직이기 어려워 타자를 치는 데에 시간이 오래 걸린다. 그래도 메시지에 한 번도 답하지 않은 적 없다. 밥을 먹는 게 어렵지만 술을 마시며 친구들과 보내는 시간을 즐긴다. 가끔 사람들은 지형 씨를 도와주는 친구가 옆에 있으면 자신에게 할 말을 굳이 옆에 있는 친구에게 물어보곤 하는데, 지형 씨는 그게 좀 싫었다고 한다.

지형 씨는 초등특수교육과 4년제 대학을 졸업했고, 대학원에서 특수교육학을 전공하고 있다. 지체장애인을 위한 보완대체언어를 연구하는 일인데, 어려운 의학용어들이 잔뜩 담긴 학문이다. 책 한 장을 넘기는 일도 힘이 많이 들기 때문에, 공부의 내용보다 과정에 많은 노력과 의지가 필요하다. 지형 씨가 특수교육학을 공부하기로 마음먹은 건 지체장애인들이 커뮤니케이션에서 겪는 어려움을 줄이고 비장애인과 비슷한 수준으로 의사소통할 수 있는 세상을 만드는 학문이기 때문이다. 경험에서 시작한 공부이기 때문에 잘 할 수 있는 일이고, 지형 씨도 그 사실을 알고 있다.

"이런 말이 있잖아요? 경험해보지 않은 사람은 모른다."

만성화된 억울함

신체적 자유가 구속되면 억울할까? 뉴스에 나오는 사람들은 무엇이 억울할까? 하루는 지형 씨가 울면서 전화를 걸어왔다.

"저는 이제 그만하고 싶어요. 장애인들이 하는 말에 세상은 귀를 기울여주지 않아요."

지형 씨는 20년을 훌쩍 넘게 살아온 집 같은 시설을 고발하려 한다. 복잡한 사정이 있지만, 지형 씨는 시설이 '장애인 탈시설 정책'을 이유로 지형 씨를 비롯한 장애인들을 쫓아내려 한다고 말한다. 시설에 거주하는 장애인을 '이용자'라고 부르는데, 이용자들은 대개 10년, 20년씩 시설에서 살아온 사람들이다.

시설은 집이지만 동시에 감옥 같은 곳이다. 구속과 관리 속에서 지내는 이용자들의 삶은 비장애인이 누리는 자유와는 분명 다르다. CCTV가 설치된 공간에서 지내야 하고, 통금시간도 있고, 술도 못 마시고, 심지어 코로나19가 확산된 이후에는 같은 건물에 있는 매점에도 혼자 가지 못했다. 이외에도 지속적으로 일어나는 인권침해 문제가 있고, 이를 해결하자는 장애인 인권 운동의 큰 줄기 중에 '장애인 탈시설' 운동이 있다.

각 지자체는 관할시설에 이용자 수를 줄이도록 권유하고 있다. 그로 인해 시설에서 나온 이용자들의 자립 문제가 생긴다. '자립'은 십수 년을 시설에서 살던 장애인들에게 낯설고 두려운 일이다. 시설들은 '인지가 되는' 장애인들을 대상으로 퇴소를 권유하는 중이다. 인지가 된다는 건 '스스로 생각할 줄 아는 능력이 있음'을 뜻한다.

지형 씨가 이용자로 있는 시설은 지형 씨를 비롯한 이용자 몇 명의 이름을 '강력 퇴소 대상'에 올렸고, 시설의 경영진은 이들의 퇴소를 "강력하게 종용하라"고 종사자들에게 지시했다고 한다. 그 이야기를 전해 들은 이용자들은 마음에 상처를 입었고, 실제로 자립이 준비되지 않았지만 더 이상 지낼 수 없겠다는 생각으로 시설을 나가려는 이용자들도 있다.

이용자의 자립을 돕기 위한 핵심은 주거지 마련이다. 집을 구해야 하는 문제라, 재정이 가장 풍부한 서울시마저 1년에 수십 명도 자립시키지 못할 정도다. 서울시 기준, 시설을 나온 이용자들이 집을 체험할 수 있게 해주는 '체험홈'은 64곳, 2년씩 최대 4년을 살 수 있는 '자립생활주택'은 65곳뿐이다. 20년까지 살 수 있는 지원주택은 서울도시공사의 지원으로 만들어졌는데, 서울에만 약 130호. 입실하려면 경쟁률이 3:1 정도이고, 지금은 공실도 없다. 반면 전국에 있는 1,000여 개의 시설에 사는 장애인은 약 3만 1,000명 정도 된다.[*]

---

[*] 보건복지부, 『2021 보건복지통계연보』, 2021.

정부의 탈시설 정책에 대해서는 다양한 의견이 제기되고 있다. 가장 큰 문제는 자립지원 예산을 확보하지 않고, 사회복지시설의 평가항목에는 '탈시설 실적'이 들어가면서 평가결과에 따라 지원금을 받게 된다는 점이다. 그 과정에서 자립 준비가 되지 않은 이용자들을 내보내려 하는 문제가 발생하는 것이다.

그럼에도 불구하고

"가난해 보지 않은 사람은 가난한 사람의 마음을 이해하지 못해요. 저는 아주 가난한 건 아니지만 부자인 것도 아니라서, 어느 정도는 가난한 사람들의 마음을 이해해요. 또 돈이 없어서 배우지 못한다면 그게 얼마나 슬픈가요?"

지형 씨의 꿈은 인도에 가는 것이라고 했다. 인도에 학교를 세워 가난한 아이들을 가르치고 싶다고 한다.

"인도에 정말 가고 싶어요. 한국보다 더 가난하고, 더 빈부격차가 심한 나라라서 도움을 주고 싶어요."

더 가난하고, 더 억울하고, 더 아픈 마음을 찾아 도움이 되고 싶어 하는 마음, 그게 바로 지형 씨의 마음이다. 장애인은 타인의 도움에 의존해야 할 때가 많다. 그러다 보면 미래에 대한 희망이 작아지기 쉽다. 도움에 의존하는 것을 넘어 도움의 주체가 되기까지, 오랜 시간 그의 마음은 얼마나 단단하고 강하게 쌓여왔던 것일까.

나는 지형 씨의 이야기를 기사화하지 못했다. 하지만 이 시대의 청년의 모습을 기록하는 <세상의 모든 청년> 프로젝트에는 꼭 지형 씨의 이야기를 담고 싶었다. 이것으로 충분하지 않겠지만, 그의 이야기가 더 많은 이들에게 닿길 바라며 가명으로 이 글을 적는다.

언론사에서 뉴스를 만드는 일을 하고 있습니다. 세상의 많은 이야기를 듣고 전하는 일을 하고 싶은데, 생각처럼 잘되지 않아 고민이 많습니다. 성실하고 선한 사람들을 좋아하고 그런 사람이 되고자 노력하는 중입니다.

어느 날 갑자기

열네 살, 친구

테라스에 앉아 가방에 비치는 햇빛을 바라볼 수 있는 것, 친구가 보낸 이모티콘을 보고 키득거릴 수 있는 것, 오랫동안 만나지 못한 이들과 화상 회의 플랫폼에서 온라인으로나마 만나는 것. 우리에게 당연한 것들이 당연하지 않은 이들이, 내 주변 곳곳에 존재한다는 걸 인지하기 시작한 지 오래되지 않았다.

"기적이 있다고 믿어. 그 기적이, 나에게도 있다고 믿어."

오랜만에 통화하게 된 친구 예영이(가명)는 두 번 힘주어 말했다. 예영이는 어린 시절부터 시력이 안 좋았는데, 지금은 빛을 전혀 지각하지 못할 정도의 '전맹 장애인'이 되었다. 어릴 때 예영이는 내가 본 사람 중 가장 크고 초롱초롱한 눈을 가진, 꿈 많은 소녀였다. 예쁘장한 외모에 밝고 높지만 힘 있는 목소리, 그리고 날씬한 몸. 누가 뭐래도 연예인을 꿈꾸는, 당차고 싱그러운 아이였다.

교복을 몸에 딱 맞게 줄여 입고, 의리가 남달랐던 예영이의 집은 학교 바로 근처에 있었다. 집이 멀었던 나는 학교를 마친 뒤 학원 시간을 기다리며 예영이의 집에 자주 놀러 갔다. 예영이네 부모님은 항상 정성 가득한 간식을 만들어 주셨다. 우리는 아주머니가 막 튀겨 주신 뜨겁고 하얀 오징어튀김을 호호 불어 먹으며 종알종알 수다를 떨었다.

나는 아주머니의 커다란 눈망울과 온화하게 머금은 미소를 보면서 '예영이가 어머니를 닮아서 저렇게 예쁜가 보다' 하고 생각했다. 예영이는 가끔 다른 말썽쟁이 친구들과 모여 사고를 치기도 했는데, 그럴 때면 아주머니는 눈물이 그렁그렁해져서 내게 예영이랑 더 자주 놀라고 하셨다. 당시 나는 또래보다 키도 유독 작고, 사춘기도 안 왔던 터라 아주머니께서 안심하는 친구 중 한 명이었던 것 같다. 그렇게 한 1년을 단짝으로 지내다가 반이 나뉘고, 예영이가 격한 사춘기로 결석하는 기간이 길어지면서 우리는 조금씩 멀어졌다. 서로의 소식이 뜸해질 무렵, 예영이는 드물게라도 나오던 학교를 갑자기 그만둬 버렸다.

그렇게 시간이 지나 나는 물 흐르듯 고등학교를 졸업하고, 대학교에 입학했다. 수많은 대학생이 그러하듯 그 시기의 나도 정신없이 교환학생, 해외 봉사활동 등을 하며 스펙 쌓기에 혈안이 되어 있었다. 가끔씩 예영이의 소식이 궁금하기도 했지만, 옛 친구를 떠올리기에는 눈앞에 쌓인 일들만으로도 버거웠다. 그러던 어느 날, 모르는 이로부터 '예영이의 친구가 맞냐'는 메시지를 받았고, 그는 내게 예영이의 시각장애 소식을 알렸다.

폭력이 되고 싶지 않아

〈세상의 모든 청년〉 프로젝트에 참여하면서 불현듯 예영이가 떠올랐다. 연락해 보고 싶은 마음과 이제 와 뻔뻔하게 무슨 연락이냐는 생각이 머릿속에서 한참을 싸웠다. 생전 소식도 없다가 전화해서 인터뷰를 부탁한다는 게 염치없었다. 거기에다가 내가 비장애인의 입장에서 무심코 사용하는 단어들이 혹시라도 어떤 무서운 폭력으로 변해버릴까 봐 겁도 났다.

한참을 망설이다가 두 눈 질끈 감고 예영이에게 문자 메시지를 남겼다. 얼마 지나지 않아 답이 왔고 이어 전화가 왔다.

"우와! 오랜만이야! 내 생각해줘서 고마워!" 약간 더듬는 듯한 느낌도 있었지만 중학교 1학년 때 그대로 밝고 통통 튀는 목소리가 전화기 너머로 들렸다. 긴장이 확 풀렸다. 오래 망설였던 시간이 무색하게 예영이는 곧장 인터뷰에 응하겠다고 대답했다. "도울 수 있는 데까지 도울게!"

어린 날의 장애, 그리고 '사람' 관계

예영이는 어릴 때부터 눈이 잘 안 보였다. 당시 서클렌즈가 유행이기도 했는데, 예영이는 커다란 눈에 서클렌즈까지 껴 한층 업그레이드된 예쁜 눈으로 학교 앞 공원에서 친구들과 놀곤 했다. 워낙 시력이 안 좋다 보니, 체력 검사 날이 되면 창피한 마음에 시력 검사를 피해 도망 다녔다. 종종 학교 선생님을 눈앞에서도 못 알아보는 바람에 교무실에 불려가 혼이 나기도 했다. 그래도 예영이는 다른 사람에 비해 시력이 안 좋다고만 생각했지 시각장애 수준으로 앞이 보이지 않는 거라고는 생각해 본 적이 없었다. 지나고 나서야 그게 약하게나마 볼 수 있는 시각장애의 일종이란 걸 알았다. 그러던 스물여섯 살의 어느 가을날, 그나마 보이던 눈마저 빛을 감지하지 못하기 시작했다. '전맹 장애인'의 삶은 어떤 경고도 없이 느닷없이 찾아왔다.

장애가 생긴 후 가장 힘든 점은 '사람 간의 관계'였다. 한번은 엄마나 활동지원사 선생님의 도움 없이 재활치료를 받으러 병원에 다녀오는 길이었다. 예영이는 병원에 들어서면서 돌아가는 택시 호출을 고민했다. 장애인들이 이용하는 콜택시인 '복지콜'은 보통 20~30번의 호출을 해야 잡을 수 있다. 한두 시간 안에 잡히면 그나마 운이 좋은 날이다. 그날은 50번까지 호출한 끝에 택시가 잡혔다. 마침내 기사 아저씨가 도착했다. 병원이 크기도 하고, 아직 길이 낯설어 병원 내부에서 기사님을 기다려도 되냐고 부탁했는데 대뜸 돌아오는 소리가 "현관까지도 못 와요? 그냥 나와요"였다.

　　마음이 상했다. 하지만 별다른 도리가 없다. 아저씨에게 다시 한번 간곡히 부탁했다. 다행히 아저씨는 투덜거리면서도 나와주셨고, 그 덕에 기사님의 팔꿈치를 잡고 걸어갈 수 있었다. 그런데 이번엔 아저씨가 예영이의 손을 쳐내며 버럭 소리를 질렀다. "꽉 잡지 말아요! 왜 눈도 보이는 것 같은데 자꾸 남의 도움을 받으려고 해요?" 눈물이 났지만 꾹 참았다. 화도 났다. 하지만 여기에서 화난 기색이라도 보이면, 어렵게 잡힌 콜택시는 자신을 두고 가버릴 것을 예영이는 안다.

　　서러운 마음을 다잡고 차에 탔지만 계속 눈물이 났다. 예영이는 왜 자기가 갑자기 이런 삶을 살게 된 건지 의아하고 납득할 수 없었다. 계속 울고 있으니, 이번에는 운다고 혼이 났다. 장애인이 되니 우는 것도 죄가 되는 듯했다. 어느 날 갑자기 장애가 찾아온 것도 억울한데, 엄연히 이용자의 입장에서 기사님에게 왜 이런 대우를 받아야 하는지 도통 이해가 되지 않았다. 장애인으로 사는 삶은 모든 순간에서 '을'이고 '약자'였다.

처음부터 장애인의 삶을 살았다면 조금이라도 억울한 마음이 덜 들었을까 싶었다. 비장애인의 삶과 장애인의 삶의 온도차는 컸다. 그래도 이 상황을 장애인 쪽에서 참아야 한다는 것쯤은 안다. 세상은 바뀌지 않았고, 예영이가 장애인이라는 사실에는 변함이 없기 때문이다. 예영이는 장애인이 된 후 '차라리 감정이 없었으면 좋겠다'고 생각했다. 마음 한 편에 기적을 꿈꾸며 살아내는 중에 억울한 마음이나 서러운 마음으로 절망하고 있을 수는 없기 때문이다.

거동의 편리함이냐, 마음의 자유냐.

예영이는 시각장애도 있지만 스물일곱 살부터는 뇌 병변 장애로 분류되는 '소뇌 위축증'까지 중복장애를 겪고 있다. 균형을 담당하는 소뇌에 문제가 생기니 스스로 균형 잡아 서고, 걷는 일이 점점 힘들어지고 있다. 그 탓에 교회나 재활치료, 그리고 최근 가장 좋아하는 활동인 피아노를 배우러 가는 한 시간 외에는 거의 집에 있다. 장애 이후 어머니 역시 주변 지인들과의 관계를 모두 끊었다. 고립의 연속이었다.

예영이는 장애가 생기면서 성격이 무척 예민해진 것 같다고, 그래서 아무래도 가까이 있는 엄마와도 자주 다툰다고 했다. 표정을 볼 수 없어 혼자 오해해 버릴 때도 많았다. 거기에 늘 누군가의 도움을 받아야만 생활이 가능하다 보니, 혼자 있을 시간이 전혀 없어 받는 스트레스도 컸다. 모든 것이 답답하고 숨 막혔다.

2007년에 시작된 '장애인활동지원사 제도(전 장애인활동보조인 제도)' 덕분에 거동을 도와주는 보조인 선생님이 계셨던 적도 있었다. 처음에는 엄마와의 '적정 거리'를 유지하기에 좋았지만, 어느 순간부터는 일말의 자유조차 없다는 생각에 더 이상 이 서비스를 이용하지 않기로 했다. 처음에는 장애인의 입장에서 도와주는 듯해도, 시간이 지나면 결국 '하고 싶은 것, 가고 싶은 곳, 먹고 싶은 것' 모두 '눈이 보이는 사람'의 편의대로 흘러갔다.

어머니뻘인 지원사 선생님에게 딸 나이의 예영이가 마음 편하게 부탁하기도 어려웠을뿐더러, 설사 부탁한다 하더라도 제대로 이행되지 않는 경우가 많았다. 매일같이 얼굴 맞대고 있는 상황에서 불평하기도 어려웠다. 차라리 엄마와 조금 다투더라도 가족이 편했다. 예영이는 결국 활동지원사 서비스를 포기하고, 다시 엄마의 도움을 받았다. 가족이 있기에 정말 다행인 순간이었다. 애매한 '거동의 편리함'보다 '마음의 자유'를 선택한 것이다. 장애인의 자기 결정권과 선택권을 보장하기 위해 만들어진 이 제도에 더 이상 수급자의 '주체적인 선택'은 없었다.

예영이의 이야기를 들으며 문득 장애인의 마음을 세심히 돌봐줄 수 있는, 현실적으로 도움이 되는 '장애인활동지원사 제도'가 든든하게 존재했으면 좋겠다는 생각이 들었다. 이 제도는 2006년 중증 장애인들이 피켓을 목에 걸고 한강 다리를 기어 건너 힘겹게 쟁취해낸 결과물이지만, 여전히 보완해야 할 점이 많은 것 같다. 처음에는 '시작'에 의미를 두었다면, 이제는 섬세하게 다듬어질 필요가 있다.

지원사 선생님의 서비스를 한 달 동안 이용해보고 수급자가 최종 선택한다거나, 시급을 올리고 적극적인 광고를 통해 활동지원사의 수를 최대한 늘린다거나, '가족' 같은 지원사를 제공하기 위해 실제 직계 가족에게 지원사 활동을 허용하는 방법 같은 걸 상상해본다. 수급자에게도 실질적인 도움이 되고, 지원사에게도 무리한 요구가 아닌, 그 어떤 '좋은 방법'이 생기면 좋겠다.

모두에게 일어날 수 있는 일

통계청 자료에 따르면 우리나라 장애인 인구수는 2020년 기준 263만 명으로 20명 중 한 명이다. 전체 장애 유형 중 후천적 장애가 88.9%로 90%에 달하는 수준이다. 나도, 우리 가족도, 가까운 친구도 모두 언제든지 장애가 생길 수 있다. 하지만 우리 사회는 장애에 대한 이해도, 혹은 장애 감수성이 현저히 낮다. 나만 해도 그랬다. 인구 20명 중 한 명이라는 장애인이 왜 나의 생활권에선 도통 보이지 않는 건지 의문을 갖지 않았다. 그저 세상에 장애인의 수가 적은 줄로만 알았다.

비장애인의 세상은 장애인들에게 여전히 불친절하다. 시각장애인의 경우 버스를 타려고 해도, 몇 번 버스가 곧 도착한다는 안내에 이어 도착한 이 버스가 내가 타는 그 버스가 맞는지 도통 알 수 없다. 지하철역 안 유도 블록을 따라 장애인 화장실을 가려고 해도, 장애인 화장실이 비장애인 화장실의 내부에 있는지 외부에 있는지 알 수 없다. 어린 시절부터 장애를 겪었다면, 오랜 세월 점자 사용으로 지워진 지문 때문에 지하철 내 관공서 무인발급기 이용도 어렵기만 하다.

예영이가 대중교통을 타고 좋아하는 피아노를 편하게 치러 다닐 수 있는 날이 오면 좋겠다. 버스 정류장에 서 있으면 '기척을 내고' 다가와 몇 번 버스를 타냐고, 버스가 왔다고 말해주는 따뜻한 이웃이 있으면 좋을 것 같다. 지하철역 안 화장실 앞에서 망설이고 있으면 화장실 밖 세 시 방향에 장애인 화장실이 있다고 알려주는 다정한 행인이 있어도 좋겠다.

흔쾌히 팔꿈치를 내어주고 언성을 높이지 않는 콜택시 운전사나, 시시콜콜 수다가 자유로운 또래의 활동 지원사 선생님들도 많아지면 좋겠다. 그리고 세상에 꼭꼭 숨어있는 장애인들이 맘 놓고 밖에 나올 수 있도록, 비장애인들의 장애에 대한 이해나 장애 감수성도 더 깊어지면 좋겠다. '나'는 오늘도, 내일도, 혹은 꼬부랑 할머니가 되어서도 언제든지 장애가 생길 수 있다. 우리는 '우리'를 위해서라도 이런 상황을 이해하고 공감하며 대비해야 한다.

너의 마음속엔 강이 흐른다.

주황빛 은은한 전등을 켜둔 저녁 일곱 시, 밖에는 지루했던 장맛비도 거의 끝나가는 듯하다. 예영이는 시원하고 찰랑한 소재의 드레스를 입고 누구의 도움도 없이 두 발로 일어서 천천히 걸어 나온다. 앞에는 오늘의 관객인 엄마와 아빠, 그리고 동생이 예영이의 모습을 눈부시다는 듯 환하게 웃으며 바라본다. 두 달을 매일같이 연습하러 다녀 가족들 앞에서 선보이는 첫 피아노 연주회, 예영이의 수줍은 미소는 붉어진 사과처럼 예쁘다. 조심스럽게 시작된 예영이의 연주곡은 이루마의 '너의 마음속 엔 강이 흐른다 *River Flows in You*'이다.

우리네 인생에는 좁기도 커다랗기도 한 '강'이 굴곡을 타고 흐른다. 어린 시절의 꿈, 장애의 위기, 가족들과의 연대, 희망, 그리고 극복. 모두 하나의 강물이 앞으로 나아가는 과정이다. 이 과정에서 작고 단단한, 수많은 이름 모를 '물방울'이 모여 다 함께 바다로 향한다. 우리 모두는 이 '물방울'처럼 누구 하나 소 외되어 가려지지 않도록, 서로의 손을 꼭 잡고 넓고도 가득한 세계로 나아가야 할 것이다. 작은 물방울도, 심해의 상어도, 얕 은 바다의 아기 거북이도, 이국의 불가사리도, 모두가 자연스럽 게 어우러진 저 넓은 '바다'로 말이다.

글을 읽고, 쓰는 일을 좋아합니다. 여백의 종이에 담기는 나의 이야기 가 누군가에게 희망으로 닿았으면 좋겠습니다. 어둠으로부터 빛이 나 온다고 믿습니다.

배리어프리가 일상인 사회

오랜만의 만남

오랜만에 민선이를 만났다. 스승의 날이 되면 인사차 학교로 찾아오거나 카톡으로 안부를 남기곤 했는데, 이렇게 바깥에서 만난 건 근 2년 만인 듯했다. 노랗게 탈색한 흔적이 남은 짧은 커트머리가 제법 잘 어울렸다. 젊은이의 자유로움이 고스란히 전해졌다. "뭘 먹을까?"라는 질문에 민선이는 1초의 망설임도 없이 예전에 함께 갔던 곱창집을 떠올렸다. 우리가 서로 마주 앉아 곱창에 소주를 기울일 수 있다는 사실이 새삼 신기하고 반가웠다.

민선이는 내가 가르쳤던 제자이다. 그것도 5년이나 담임을 맡았던 제자. 다섯 살 꼬맹이 때 만났으니 보아온 세월만 해도 장장 20년이다. 부모님이 농인이고 본인도 청각장애 진단을 받아 영아 때부터 줄곧 청각장애 특수학교에 다녔다.

대부분의 특수학교는 유치원 과정부터 고등학교 과정까지, 때로는 사회로 진출하기 위한 사전 단계인 전공과 과정(2년)까지 전 과정이 함께 운영된다. 유치원 때 입학한 학생이 다른 학교로 전학을 가지 않는 이상, 한 아이의 성장 과정을 모두 지켜볼 수 있다는 의미이기도 하다. 그리고 내가 몇 년간의 간격을 두고 5년 동안 민선이의 담임을 맡을 수 있었던 이유이기도 하다.

소주잔을 가볍게 부딪치며 〈세상의 모든 청년〉 프로젝트에 관한 이야기를 조심스레 꺼냈다. 오랫동안 봐왔던 제자 이야기를 글로 풀어낸다는 것이 조금 부담스럽기도 했고, 졸업 이후 어떻게 사회와 직면하며 살아가고 있는지 관심을 두고 진지하게 이야기 나눈 적이 없었다는 미안함 때문이기도 했다. 하지만 이런 내 생각이 기우였다는 듯 민선이는 너무나 편안하고 화통하게 수락해 주었고, 오히려 프로젝트에 담길 만한 이야기가 있겠냐며 환하게 웃었다.

"예산이 부족해"

고등학교 시절 성적이 꽤 좋았던 민선이는 고3 담임교사의 만류에도 불구하고 A대학 게임 관련 학과로 진학했다. 게임을 좋아하고 새로운 콘텐츠를 개발하는 것이 재미있을 것 같아 정한 진로였는데, A대학의 인지도가 높지 않았던 탓에 주변 사람들, 특히 학교 선생님들이 너무 실망하는 티를 내서 당시에 꽤 속상했었노라 회상했다. 하지만 그렇게 자기 소신대로 들어간 대학을 민선이는 1년 만에 자퇴했다.

"수업 자체는 재미있고 좋았는데, 지원 환경이 너무 열악했어요. 장애학생지원팀을 통해 수어 통역이나 속기 지원을 요청했는데 편성된 예산이 없다며 지원해 주지 않았고, 겨우 대필 도우미 학생을 배치해 줬는데 그 학생도 본인 수업 듣느라 바빠서 제대로 해주지 않았거든요. 3시간 수업 중에 2시간 반은 멍하니 있었던 것 같아요. 학교에 지속해서 요청했지만 예산 부족 문제로 계속 거절당했어요. 결국 안 되겠다 싶어 자퇴를 결심하니까 그제야 속기 지원을 알아보겠으니 자퇴는 더 생각해 보라고 했었는데…… 사실 학교가 왕복 여섯 시간 거리였던 것도 힘들었어요. 서울에 있는 학생들은 기숙사 배치가 안 됐거든요. 자취는 엄마가 결사반대하셨고요. 1년 동안 몸무게가 10kg이나 빠졌었어요."

A대학을 자퇴하고 민선이가 선택한 곳은 한국예술종합학교(이하 한예종) 방송영상과였다. 영상편집에 관심이 있었고 자신만의 이야기, 농사회에 관한 이야기나 사회 전반에 걸친 블랙코미디를 찍어 보고 싶었다고 했다. 한예종에서도 처음에는 A대학처럼 예산 이야기를 꺼내며 난감을 표했지만, 지속해서 요청했더니 수어 통역과 속기 지원 중 하나를 선택하라며 연락이 왔었단다. 그전에도 청각장애 대학생들이 몇몇 있었지만, 수어 통역이나 속기 지원은 민선이가 처음이라고 했다. 그전까지는 모두 학생 도우미를 배치해서 대필 지원을 했었다고. 대필과 속기의 차이가 궁금했다.

"속기는 교수님이 하는 이야기를 그대로 번역해 주는 거고, 대필은 수업 내용을 도우미 학생이 요약정리해 주는 거예요. 대필은 제가 이해하고 정리한 게 아니라 그런지 수업 내용을 완전히 이해하기가 어려워요."

"그럼 민선이가 당당히 누려야 할 권리를 처음으로 따낸 거네?"라고 말했더니 민선이는 "그런가요?" 하며 수줍게 미소를 지었다.

2007년 제정된 「장애인 차별금지 및 권리구제 등에 관한 법률」에는 청각장애 대학생들이 교육 활동에 불이익이 없도록 수어 통역이나 속기 지원 등을 받을 수 있다고 명시되어 있다. 하지만 법과 현실의 간극은 컸다. 작년 한 논문에 기재된 자료를 보면 「장애대학생 교육복지지원 실태평가」에서 최우수 점수를 받은 네 개의 대학을 조사한 결과, 청각장애 대학생 총 191명 중 수어 통역을 지원받은 학생은 46명으로 24%에 그쳤다.* 그 외 대학에서는 청각장애 학생이 적절한 교육적 지원을 받고 있는지, 객관적 통계조차 없는 것이 지금의 현실이다.

법적으로 보장되어 있으나 그 권리를 누리기 위해서 또 다른 노력을 기울였을 민선이가 대견하면서도 한편으로는 안쓰러웠다. 수업을 제대로 듣기 위해, 자신의 정당한 권리를 보장받기 위해 고군분투했을 모습이 눈앞에 아른거렸다. 하지만 이내 그 생각도 거둬들였다. 한 걸음 한 걸음 사회를 향해 다부지게 내디디고 있는 민선이의 모습을 조금이라도 안쓰럽게 바라볼 권한이 나에겐 없기 때문이다. 오히려 이어진 다음 이야기에 나는 "우리 민선이, 정말 대단하구나"라며 감탄의 박수를 보냈다.

---

* 이현주, 「청각장애 대학생의 대학생활적응을 위한 효율적인 수어 통역 지원 방안 탐색」, 강남대학교 대학원 석사학위 논문, 2020.

문화 향유권

학교 다닐 때도 민선이는 유독 음악을 즐겼다. 특히 가수 '아이유[IU]'를 무척 좋아했는데, 평소에는 인공와우기를 착용하지 않다가도 아이유 노래를 듣기 위해서 두통을 참아가며 인공와우기를 착용할 정도였다.

'인공와우'란 보청기를 사용해도 '듣기'에 큰 이득이 없을 때 인공적으로 달팽이관(와우)에 전기 코일을 넣어, 외부 소리 자극을 청신경에 전달하여 소리를 인지할 수 있도록 해주는 수술을 말한다. 인공와우기를 착용한 모든 사람이 그런 것은 아니지만 가끔 두통을 호소하는 사람들이 있었는데 민선이가 바로 그런 경우였다.

여전히 음악을 좋아했던 민선이는 어느 날 콘서트에 가기위해 티켓을 예매했다. 그리고 혹시나 하는 마음으로 본인이 청각장애인인데 콘서트장에 수어통역사를 배치해 줄 수 있는지 문의했다. 예상대로 '그런 지원 서비스는 없다'라는 답변을 받았고, 이어 또 다른 제안을 했다. 자체 배치가 어렵다면 개인적으로 수어통역사를 대동할 테니 그 자리를 만들어 줄 수 있겠냐고 물었다. 그러나 돌아오는 답변은 '그것 역시 어렵다'였다.

장애로 인해 좋아하는 가수의 콘서트를 비장애인들과 함께 똑같이 즐길 수 없다는 사실이 새삼 속상하고 억울했다. 조금만 신경 쓰면 모든 사람이 충분히 즐길 수 있을 텐데 구체적인 제안을 했음에도 불구하고 고민하는 척조차 하지 않고 단칼에 거절한, 너무나 무성의하게 응대했던 직원의 태도가 그동안 마음속 깊이 꾹꾹 눌러왔던 '부당함'의 감정에 불씨를 당겼다.

민선이는 문화 향유권을 침해받았다는 내용으로 국가인권위원회에 진정서를 제출했다. 농인도 공연을 즐길 권리가 있다는 것과 고객의 요청에도 수어통역사 배치를 고려하는 '척'조차 하지 않았던 부당함을 상세하게 정리했다.

당장에 어떤 큰 변화가 있으리라 기대한 것은 아니었다. 다만 팬미팅에 가서도 현장 분위기를 반도 이해하지 못한 채 좋아하는 가수의 얼굴만 바라보는 것에 만족해야 했던 '당연함', 같은 티켓을 사고도 오롯이 즐기기보다 으레 스스로 콘서트 흐름을 눈치껏 알아채야 했던 '당연함'에 물음표를 던지고 싶었다. 그것은 과연 당연한가?

얼마 후 생각지도 못한 변화가 있었다. 예매처 책임자가 앞으로 다시는 그런 일이 생기지 않도록 노력하겠다며 직접 사과를 해 왔고, 국가인권위원회는 공연 주최 측과 소속사에 청각장애인이 통역을 요청할 경우를 대비해 공문을 발송하겠다고 약속했다. 장장 3개월에 걸친 일이었다.

그리고 정말 이후 개최된 콘서트에서 수어 통역사가 배치되었다. 그뿐 아니라 쇼케이스에서는 통역사 두 명이 배치되어 사회자와 그룹 가수 파트를 각각 맡아 놓치는 것 없이 세심하게 통역해 주었다. 그전에는 미처 느끼지 못했던 현장의 즐거움을 고스란히 느낄 수 있었다고, 고맙고 행복했다는 말을 덧붙였다.

　개인적으로도 작은 의식의 변화가 생겼다. 민선이는 지금까지 익숙하게 받아들였던 사소한 차별들을 다시 돌아보며 이를 개선해 나가기 위해서는 작은 목소리라도 꾸준히 내야겠다고 생각했다.

세상은 넓고 할 일은 많다

민선이는 지금 한예종 3학년을 마치고 휴학 중이다. 졸업하기 전 다채로운 경험을 하고 싶어 휴학계를 냈는데, 학교에 다닐 때보다 훨씬 더 바쁜 삶을 살고 있다. 계약직과 프리랜서로 일하는 곳만 해도 세 곳이다.

　계약직으로 근무하고 있는 '소플SOPLE'은 장애인 대표가 장애 인식개선 활동을 위해 만든 사회적기업이다. 장애 청년과 비장애 청년이 함께 모여 장애 인권 감수성에 관해 이야기를 나누고 주변에서 일어나는 다양한 사회 문제를 배리어프리 관점에서 정의하고 콘텐츠를 개발한다. 민선이는 이곳에서 일하면서, '싫고 거부감이 들어서라기보다 장애를 잘 모르는 탓에 변화되지 못하는 부분도 상당히 많았겠구나'하는 생각을 했다.

그 외 소셜 벤처 기업에서도 틈틈이 프리랜서로 활동을 하고 있다. 수어 영상을 보고 수어마다 주석을 달아주는, 쉽게 말해 수어를 한국어로 번역하는 일을 한다. 또 다른 일은 수어 아바타 작업인데, 그래픽 캐릭터로 녹화된 수어 장면들을 자연스럽게 연결되도록 편집하는 일이다. 청각장애인이 특정 기관을 방문했을 때 아바타 수어 영상으로 다양한 도움을 받을 수 있을 것이다.

그러고 보니, 언젠가 부산행 KTX에 탑승했을 때 정차역에 대한 안내 화면에 등장했던 수어 아바타가 생각났다. 가상의 캐릭터 아바타가 자연스럽게 안내 방송을 수어로 전달했다. 사회 곳곳에 이런 아바타 수어가 더 많이 확산되어 나가길 기대한다. 주요 관광지나 안내판에 영어나 일본어가 함께 제시되어 외국인 입장에서 큰 불편함이 없이 다닐 수 있는 것처럼, 미술관의 도슨트나 박물관의 문화 해설에도 아바타 수어를 활용한다면 청각장애인들도 매번 특별한 요청 없이 자연스레 정보를 공유하고 문화를 향유할 수 있겠다는 생각이 들었다. 그리고 이건 먼 미래의 이야기가 아니다. 이미 그런 작업들이 하나둘씩 이뤄지고 있었다. 10년 후의 세상이 기대되는 지점이다.

관점의 전환

바쁜 나날을 보내고 있는 민선이에게 현재 삶의 만족도를 물었다.

"매일의 일상 자체가 좋아요. 사소한 일에도 행복하거든요. 무언가와 비교해서 행복을 찾으면 안 되겠지만, 힘들다 싶을 땐 예전에 더 힘들었던 때를 생각해요. 지금은 내가 하고 싶은 일을 하고 있고 그 일이 재미있고, 여러 가지 경험도 쌓는 과정이라 이만하면 행복하다고 말할 수 있을 것 같아요. 어제는 SNS에서 받은 DM 덕분에 또 기분이 엄청 좋았어요."

민선이는 SNS 개인 계정에 가끔 자신의 일상이나 단상을 올리는데, 며칠 전에 올렸던 글이 비장애인 입장에서 '생각의 전환'이 되었다며 한 친구가 DM을 보내왔다는 것이다.

항상 배워갈 수 있는 스토리에 감사함을 느껴요. 오늘도 감사합니다. 읽을 때마다 제가 미처 생각하지 못했던 부분을 알아가는 기분이라 스토리 하나하나 유심히 본답니다. 생각을 깨워주셔서 감사한 부분도 많아요.

민선이가 올린 글은 '청인(듣는 사람) 수어통역사에 대한 인식'이란 제목의 수어 동영상을 한국어로 번역한 글이었다. 꽤 오랜 시간 청각장애 학생들을 만나왔던 나 역시 이야기를 듣는 순간 "아······" 했다. 어쩔 수 없이 나 또한 '듣는 사람'으로 살아왔기에 발상의 전환이 쉽게 되지 않는다.

어떤 농인이 병원에 수어통역사를 대동했습니다.

의사: 저분은 누구신가요?
농인: 제 수어통역사입니다.
의사: 아, 환자분이 듣지 못하고 말하기도 어려우시니까 같이 오신 건가요?
(잠시 침묵)
농인: 아니오. 당신이 수어를 모르기 때문에 수어통역사와 함께 온 겁니다.

그 말을 들은 의사는 생각지도 못했던 부분인지 매우 당황해했다는 이야기입니다.

맞아요. 많은 농인과 함께 이야기를 나눠봤는데 청능주의 사회에서 수어통역사는 말도 못 하고 듣지도 못하는 농인을 '돕기 위해' 통역하는 사람이라는 이미지가 있습니다. 이러한 인식이 앞으로도 계속 지속되어도 괜찮을까요? 여러분의 생각은 어떠신가요?

미국에 있는 갈로뎃 대학Gallaudet University은 농인 대학교이다. 수업은 당연히 수어로 이루어지며 캠퍼스 공간 내 모든 곳에서는 수어로 의사소통을 한다. 행정 시설, 편의 시설에 근무하는 사람도 청인이든 농인이든 모두 수어를 사용하는, 수어가 당연한 사회인 것이다. 이곳에서는 수어를 모르는 청인이 소위 '장애인'의 범주에 들어갈지도 모르겠다. 그리고 수어를 모르는 청인이 갈로뎃 대학교를 방문한다면 음성언어를 수어로 통역하는 통역사를 대동하고 가야 할 것이다.

청각장애를 듣지 못하는 '결핍'의 관점이 아니라 의사소통 수단이 청인과 다른 '다양성'의 관점으로 바라보는 시각이 필요함을 매번 깨닫는다. 여전히 사회는 '듣는 사람'이 주류이지만 농인들의 끈질긴 권리 싸움으로 결국 2016년 수어를 공식 언어로 인정받아 낸 것처럼 작은 움직임들이 사회를, 환경을, 우리의 인식을 결국 바꿔나가리라 생각한다.

배리어프리가 일상인 사회

민선이가 바라는 사회는 '배리어프리가 일상인 사회'이다. 올해로 11회를 맞이하는 <배리어프리 영화제>에서 상영되는 모든 영화는 시각, 청각장애인은 물론 모든 사람이 함께 영화를 볼 수 있도록 화면 해설과 한글 자막이 들어간다. 보고 듣고 자유롭게 이동하는 사람만이 아닌 더 큰 범주의 '우리'가 함께 어울려 영화를 즐길 수 있다. 민선이는 <배리어프리 영화제>처럼 장애가 있을지라도 일일이 도움을 받으러 다니지 않아도 되는 사회, 그리하여 각자 모두 잘 살 수 있는 사회가 되길 바란다고 했다.

청각장애인의 입장에서 '사회통합'의 의미를 묻는 마지막 질문에도 민선이는 아주 간단하고 쿨하게 답했다.

"통합을 굳이 해야 할까요? '통합'을 위해서가 아니라 편견 없이 살아가기 위해 서로의 다름을 인정할 수 있는 교육이 전제되어야 할 것 같아요. 그리고 자연스럽게 서로 어우러져 사는 것이 필요하겠지요. 앞에서도 이야기했지만 잘 몰라서 갖게 되는 편견도 많은 것 같아요. 청각장애인도 음악을 즐길 수 있다는 사실을 저를 보며 처음 알았다는 친구들도 있었어요. 미국인을 만나면 영어로, 일본인을 만나면 일본어를 써야 하듯 수어를 아는 농인을 만날 때 수어를, 수어를 모르는 청인을 만날 때 필담으로 소통하는 것이 전혀 어색하지 않은 사회, 그런 분위기로 나아가야 한다고 생각해요."

우리는 '만남'과 '다름'을 재차 강조하며 이야기를 마무리 지었다. 민선이는 개인적으로 '평범하게 살아가는' 장애인들의 모습이 미디어에 자주 노출되기를 바란다고 했다. 자주 접해야 나와 '다른 존재'를 같은 세상에서 함께 '공존하는 존재'로 자연스레 인식할 수 있을 것 같아서이다.

지체장애나 청각장애가 있는 친구가 있다면 그 친구는 농담이라도 절대 '병신'이라느니 '꿀 먹은 벙어리' 같은 말을 사용하지 않을 것이다. 다리를 다쳐 깁스했을 때 비로소 그동안 보이지 않았던 수많은 계단과 도로의 턱들이 생활에 불편함이 된다는 사실을 깨닫듯, '다양성'을 갖고 살아가는 서로의 존재를 인식하고, 때론 서로 만나 부대끼는 과정에서 실체 없는 편견도 하나둘씩 사라질 것이다. 그리고 각자의 삶을 존중하며 함께 잘 살아가기 위한 조건들도 자연스레 보일 것이다.

마지막 소주잔을 부딪치며 우리는 함께 그런 사회를 희망했다.

거리에 보다 많은 휠체어가, 흰 지팡이가, 수어 아바타가 등장하길, 그게 당연한 사회가 되기를, 진심으로 바라본다.

오랜 시간 특수학교에서 아이들을 만나왔습니다. 가르치는 직업이지만 학교에서 만나는 아이들 덕분에 '배우는 것'이 더 많은 교사이기도 합니다. 보고 듣고 느끼고 배운 것을 글로 잘 담아내고 싶은 소망이 있습니다. 〈세상의 모든 청년〉 프로젝트로 그 첫 발걸음을 조심스레 떼어봅니다.

너는 내가 되고, 나도 네가 되어

우울은 blue, 그리고 세상은 red

세상에는 두 종류의 사람이 있다. 우울한 사람과 그렇지 않은 사람. 나는 전자에 속한다. 우울은 늘 내 음악의 원천이었다. 심각했던 시기에는 거울만 보면 거울 속에 비친 나 자신이 낯설고, 어색하고, 안타까워 팔로 어깨를 감싸며 눈물을 흘리곤 했다.

'끼리끼리 논다'는 말처럼 사람은 비슷한 결의 인간에게 끌리는 경향이 있어서 그런지 내 주변 친구들은 다 우울을 끌어안고 살아간다. 매일 한 번씩은 '블랙홀에 빠져드는 기분'이 들고, 그러므로 금방이라도 울 것만 같은 마음을 꾹꾹 참으며 살아간다고, 다들 그렇게 말한다. 그러다 가끔씩 우울이 무엇인지 모르는 사람과 대화할 때면 벽에다 대고 이야기하는 기분이 든다. 그들은 온 세상을 행복하게 바라보고 있는 듯하다. 우울하면 맛있는 걸 먹으면 되고, 기분이 안 좋으면 사람을 만나러 나가면 되지 않냐고 하면서, 오히려 '우울'이라는 감정 상태에 빠져있는 나를 이상하게 바라본다. 그 감정에 너무나 깊게 잠식됐을 땐 무언가를 먹거나 누군가를 만나는 행위조차 나를 더 우울 안에 가둘 뿐이라는 걸 그들은 한 번도 생각해 본 적이 없는 듯했다.

중간이 없었다. 색의 그러데이션처럼 빨강 다음 다홍, 그다음 주황, 이런 형태가 아니라, 우울하지 않은 사람이 빨간색이라면, 우울한 사람은 그 반대인 파란색, 이런 느낌이었다. 그러니까 세상에는 '빨간 사람'과 '파란 사람'만 존재할 뿐이라는 거다. 나는, 그리고 나와 같은 사람들은 왜 이런 정신 상태로 세상을 살아가게 된 것일까? 왜 빨갛게 타오르는 태양에는 관심이 없고 파아란 바닷속에서만 허우적대고 있단 말인가.

동기 오빠와 에반게리온

물음에 대한 해답의 실마리는 우연한 곳에서 찾게 되었다. 얼마 전, 작업실에 동기 오빠가 놀러 왔다. 그 오빠는 나와 같은 결을 가진 '파란 사람'이다. 오랜만에 만난 우리는 수다의 꽃을 피우다, 언제나 그랬듯이 우울한 얘기를 하기 시작했다. 오빠는 <에반게리온>이라는 애니메이션을 너무나 인상 깊게 봤다고, 사람들이 겪는 우울증의 근본적 원인이 무엇인지 알 것만 같다며 말문을 텄다. 영화 속 인물들은 '이해받지 못하는 세상'에 지쳐 인류를 하나로 만들고 싶어 한다. '소외감'은 사람을 좀먹기에 인간이 행복한 삶을 영위하려면 그것을 지워내야 하지만, 사람은 개별적으로 존재하므로 모두를 하나로 만들지 않는 한 결국 계속해서 고립되고 상처받게 된다는 것이 그들의 논리이다.

　나를 완벽히 이해할 수 있는 존재는 나밖에 없다. 동기 오빠는 친했던 사람들에게 마저 소외감을 느끼고, 세상이 주는 외로움에 몸부림치는 등장인물들의 모습에 자신의 얼굴이 겹쳐 보였다고 했다. 그러고는 그동안 우울할 때마다 은근슬쩍 SNS에 티 냈던 일, 정신과에 한 번 다녀올 때마다 마음속에서 '친한 친구' 리스트가 점점 줄어갔던 일 등등이 다 설명된다고 했다. 생각해 보니 나도 그와 같았다. 우울감이 심하게 찾아올 때면 오히려 SNS 활동을 활발하게 하곤 했다. '좋아요' 수가 늘어가고, 관심을 보이며 개인적으로 연락을 해오는 사람들을 통해 안도감을 얻었다. 심할 때는 하루 두세 개의 게시물을 매일 올리기도 했다. 그게 아니면, 세상에 나 혼자 남겨졌다는 감정을 다스리지 못할 것만 같았기 때문이다.

휩쓸려 내려가는 사람들

우울한 사람들은 그냥 '세상은 결국 혼자 살아가는 것'이라는 명백한 진리를 너무 일찍 깨달은 사람들이 아닌가. 이해받지 못할 걸 앎에도 사람을 사랑하고, 나의 모든 면을 보여주면 분명 누군가는 지쳐버려, 내 곁을 떠날 거라는 것을 아는 데도 함께하고 싶어 하며, 그렇기에 소외되어도 괜찮다고, 혼자여도 상관없다고 스스로 다독이지만 속은 점점 곪아가는, 외로움에 예민한 사람들. 사람 사이에 흐르는 슬픔의 강을 느낄 수 있는 사람들. 보통 사람들의 눈에는 보이지 않는, 삶의 어두운 특이점 한 구석에 소용돌이가 되어 하염없이 휩쓸려 내려가는 사람들. 나는, 그리고 그 자리에 함께 있던 동기 오빠는 우리 같은 '파란 사람'을 그렇게 정의하기로 했다.

불행히도 청년 세대에는 우리 같은 사람이 특히 더 많아 보인다. 청소년기의 아이들부터 20~30대까지의 사망 원인 1위는 몇십 년째 '자살'이다. 2021년 4월의 통계를 보면 19~29세 청년층의 약 25%가 '우울 위험군'에 해당한다. 통계적으로 네 명 중 한 명은 우울증 환자라고 볼 수 있다는 것이다. '정신력의 문제'로 보기에는 꽤나 심각한 수준이다. 어쩌다 이렇게 된 걸까. 무엇이 우리를 이토록 외롭게 만들었단 말인가.

동기 오빠와 이야기를 하는 중에, 계속해서 머릿속에 내 친구 나희^(가명)가 떠올랐다. 나희는 내가 만났던 이들 중에 가장 짙은 파란색을 띤 사람이었다. 자해를 하도 많이 해서 정신병원 폐쇄병동에 입원했던 친구. 지금은 많이 나아져서 그래도 일상생활을 조금씩 하고 있는 친구. 하지만 아직도 혹여나 안 좋은 선택을 하진 않을까 문득 걱정이 되는 친구. 나는 나희와 이야기를 나누기로 결심했고, 나희는 나의 인터뷰 요청을 한 치의 고민도 없이 수락했다. 같은 시간을 공유하자는 나의 요청을 받은 그 순간, 나희도 나와 같은 마음이었을 것이다. 그렇게 나는 누구에게도 쉽게 꺼내 보이지 못했을 소중한 친구의 이야기를 들어 볼 수 있었다.

보호받는 인간

정신병동에 입원했을 때의 기분이 어땠냐는 나의 질문에 나희는 오히려 행복했다고 대답했다. 바깥 세계와 단절된 공간이라고 생각하니 왠지 모를 안정감이 느껴졌다고 했다. 아무리 자해를 하고, 자살시도를 하려고 해도 그곳에는 자신을 말려 줄 사람이 존재한다는 점에서 보호받고 있다는 기분이 들었다나. 어딘가에 구속되었을 때야 비로소 자유로울 수 있었다는 나희의 말에 나는 뒤통수를 무언가로 한 대 맞은 느낌이 들었다. 정신병동에 들어가면 오히려 더 안 좋아져서 나오는 줄로만 알고 있었다. 아니, 평생 나오지 못하는 줄로만 알고 있었다.

자극적인 미디어가 그리는 '폐쇄병동'이라 하면 미친 사람들이 날뛰고, 의사는 그들을 줄로 묶어 제압하고, 함부로 나가지 못하게 하는 장면이 연상되지 않는가. 하지만 그와는 반대로, 나희를 진료했던 정신과 교수님은 평생 이곳에서 나가고 싶지 않다는 말에 "한 달이 되기 전엔 나갈 수 있게 될 거예요"라고 웃으며 답했다고 했다. 그리고 실제로, 나희는 "평생 있고 싶다"던 그곳에서, 한 달을 채 못 채우고 집으로 돌아왔다.

이해받는 인간

"그곳에서는 내가 이상한 사람이 아니었어. 바깥세상에서나 정신과 다닌다고 하면 심각하게 생각하지. 나 같은 사람, 또는 더 심각한 사람들과 매일같이 함께 있으니까 '정말로 내가 이상한 걸까?'라는 생각만 하게 했던 바깥세상이 틀렸다는 걸 알게 된 것 같아."

정신병동에 입원해 있을 때야 비로소 '나는 이상한 사람이 아니다'라는 걸 깨달았다는 나희는 그 안에서 함께 지냈던 환자들의 이야기를 들려주었다. 비슷한 또래와는 친구가 되었고, 그곳의 어른들은 어린 나이에 입원한 나희를 챙겨주었다고 했다. 할머니 한 분이 그렇게 나희를 걱정했단다. 힘들어 보인다며 따뜻한 말을 한마디씩 해 주고, '감정표현 수업시간'에도 나희에게 이것저것 가르쳐주었다고 했다. 그곳의 어른들이 오히려 바깥 세계의 어른들보다 나희에게 위로가 되지 않았을까. 나희가 느낄 감정과 기분이 어떤 것인지 아는 사람들이 모여 있는 공간에서, 나희가 드디어 사람들과 소통하는 기분이 든 것은 어찌 보면 당연한 일일지도 모르겠다.

하지만 막상 퇴원을 하고 집에 돌아오니 나희는 너무 무서워 소름이 끼쳤다고 했다. 보호해 줄 사람이 없어졌고, 자살시도를 말려줄 사람도, 스스로 목숨을 끊는 일을 방해할 안전한 공간도 더 이상 없다는 사실이 다시금 나희를 숨 막히게 만들었다. 다시 철저히 혼자가 된 것이다. 그런 와중에 꽤나 의지했던 고등학교 때 선생님 한 분까지 나희의 우울함을 감당하기 힘들다며 연락을 차단해버렸다. 의지할 수 있다고 믿었던 어른이 우울증 환자라는 이유로 자신을 그렇게 매몰차게 끊어 내버리니, 다시 우울감에 빠져 헤어 나오지 못했다고 했다. 그 사건 이후로 나희는 다시금 자해를 시작했다.

객관적 지표가 필요했다

우리나라는 OECD 국가 중 자살률 1, 2위를 다투지만 정신과에 정기적으로 다니거나 약을 처방받는 비율은 하위권을 맴돈다. 전문가들은 이것이 사회적인 편견에서 비롯된 결과라고 말한다. 경쟁 위주의 주입식 교육과 소수의 성공을 강조하는 사회적 분위기 속에서, 스스로 정신적으로 문제가 있다는 것을 인정하는 사람과 그들을 따뜻하게 바라보는 사람의 비율이 모두 다른 나라에 비해 현저히 낮을 것이라는 게 전문가들의 의견이다. 실제로 우리나라 사람들은 서양인에 비해 감정 표출에 익숙지 않기에, 우울감을 느끼고 그로 인해 불면증이나 공황장애 등을 추가로 겪어도 (혹은 그런 사람을 보아도) 이를 우울증으로 인지하는 대신 개인의 문제로 여기는 경우가 많다고 한다.

그래서일까, 나희는 자해를 하는 이유가 '티를 내기 위해서'라고 했다. 우울증을 앓고 있을 때 정신과를 찾기까지 시간이 꽤 많이 걸리는 이유는 바로 '내가 정말로 아픈 게 맞나?'라는 의심 때문이다. 객관적으로 측정 가능한 다른 질병들과는 다르게 우울증은 겪는 사람 본인만이 알 수 있다. 그리고 겪는 이의 사회적 상황이 그리 나쁘지 않다면 자연스레 '다른 사람들이 느끼기에 이 감정은 심각하지 않을 수도 있다'는 생각을 하게 된다. 또 주변 사람들에게 감정을 토로하면 "네가 뭐가 부족해서 우울해?"라는 대답이 돌아오기도 한다. 나희는 그것을 견디지 못했을 것이다. 나희의 입장에서, 내가 정말로 아픈 게 맞고, 정신적으로 심각한 수준임을 증명하려면, 사람들 눈에 보이는 '객관적 지표'가 필요했을 것이다. 그리고 자신의 몸에 상처를 내는 것 말고는 딱히 다른 방법이 없었을 테다.

다시, 에반게리온

나희가 정신병원에 입원했을 때 오히려 편안하고 행복했던 이유는 동기 오빠와 내가 이야기했던, 우울의 근본적 원인인 '소외'가 잠시나마 해결되어서가 아닐까 싶었다. 그곳에서 나희는 보호받았고, 이해받았으며, 그러므로 외롭지 않았다. 하지만 나희는 병원에서 나오자마자 다시 우울증에 휩싸였다.

　정신병원 안에서 존재하는 연대의 장이, 막상 우리가 살아가는 사회에는 거의 마련되어 있지 않다. 취업률은 날이 갈수록 떨어진다. 부동산 문제는 날이 갈수록 심각해진다. 자연스럽게 모든 사람이 경쟁자가 된다. 대학을 선택할 때도, 취업을 준비할 때도, 심지어는 하고 싶은 일을 할 때도 늘 누군가를 밟고 올라서야 한다. 그러지 못한 사람은 포기해야 할 것이 나날이 늘어만 간다.

3포 세대, 그러니까 연애, 결혼, 출산 이 세 가지를 포기한 세대를 지칭하는 용어가 등장한 지 얼마 되지 않아 집과 경력을 추가한 5포 세대, 인간관계와 희망까지 포함한 7포 세대, 마지막으로 건강과 외모마저 포기한 9포 세대까지 등장했다. 과거에는 필수적이던 삶의 요소들을 챙길 여유조차 없는 세상이 되어가고 있는 것이다. 이는 작은 의미에서는 개인의 성취와 행복의 좌절이지만, 다른 관점으로는 청년세대의 철저한 사회적 고립을 뜻한다.

코로나 시대로 접어들면서부터는 상황이 더욱 심각해졌다. 감염병 확산을 방지하기 위해 전국적으로 시행된 '사회적 거리두기'는 학업, 또는 직장 등의 이유로 타지에서 1인 가구로 살아가는 비율이 높은 청년 세대의 고립을 강화하는 결과를 낳았다. 청년들은 이제 사회적으로도 물리적으로도, 정말 혼자가 되어버린 것이다. 그제야 우리가 왜 일상적으로 외로움을 느끼는지, 왜 그렇게나 많은 청년이 우울증을 겪고 있는지 어렴풋이 알 것 같았다.

우리에겐 연대가 필요하다. 서로 밟고 밟히며 살아가는 세상은 이제 지친다. 우리는 그냥, 함께 살아가고 싶다. 사실 그게 전부일지도 모른다. 우리를 철저한 이방인으로, 경쟁 사회에 적응하지 못한 나약한 인간으로 만들어버린 세상과 화해하고 싶다. 우리는 이방인도, 나약한 자도 아닌 그냥 '파란 사람'일 뿐이다. 외로움과 고립감에 예민한 사람이며, 빨간 태양보다는 푸른 바다에 더 끌리는, 그렇기에 다른 이들보다 '우울한 한국'의 원인을 일찍 깨달은 사람일 뿐이다.

해결책이 무엇인지 잘은 모르겠다. 그저 우리가 서로 닿을 수 있는 계기와, 사회에서 소외되지 않을 수 있는 본질적인 구조의 개선이 필요하지 않을까 생각해 본다. 그것은 '소통의 장'일 수도 있고, '경쟁 사회로부터의 탈피'일 수도 있다. 더 나아가면 주입식 교육이나 적자생존 형태의 입시 및 취업구조에서 벗어나 다양한 것들을 체험하며, 함께 느끼고, 각자가 선택한 길을 존중해 줄 수 있는 '공존 사회'를 꿈꿔볼 수도 있을 것이다.

물론 그건 <에반게리온>에 나오는, 온 인류가 하나로 합쳐진 '붉은 바다'와는 다르다. 모든 걸 허물어버리는 것이 아니라, 개개인이 온전한 사람으로 존재하며 존중받을 수 있는 사회가 되어야 한다. 서로가 서로의 존재에 맞닿아야 한다. 그렇게 되면 틀림없이 더 나은 세상이 올 것이다. 외로움에 휩싸여 밤마다 눈물 흘리는 사람이 줄어들 것이다. 함께 살아가는 것만으로 행복한 세상으로, 한 발짝 더 다가갈 수 있을 것이다.

너는 내가 되고, 나는 네가 되어

인터뷰가 끝난 후 나는 나희와 앙상블을 만들어 공연을 기획하기 시작했다. 동기 오빠와는 매주 금요일마다 집 앞 카페에서 만나 음악 스터디를 하기로 했다. 우리는 이제 서로 소통하는 삶을 살기로 결정했다. 만약 나와 나희가 만든 앙상블에 함께할 수 있는 연주자들이 점점 많아진다면, 그리고 동기 오빠와 만든 스터디에 합류할 음악 학도들이 점점 많아진다면, 우리만의 작은 '공존 사회'를 실현해볼 수도 있을 것이다.

누군가 그랬던가. 개인이 변하고, 변한 개인이 모여 무언가를 할 수 있게 된다면 세상도 변하게 되어있다고. 나와 나희, 그리고 동기 오빠가 시초가 되어, 또『세상의 모든 청년』을 읽는 사람들이 시초가 되어, 서로의 존재를 느끼고 이해하는 사회를 만들 수 있다면. 너는 내가 되고 나도 네가 되는, 나아가 내가 사회가 되고 사회가 내가 되는, 더 이상 슬프고 외로운 사람이 없는 세상을 만드는 작은 물결을 이룰 수만 있다면. 그 물결은 언젠가 파도가 되고 파란 사람들이 고이 잠든 푸른 바다로 흘러갈 것이다. 그리고 그때서야 우리는 온전히 우리 자신으로 존재할 수 있을 것이다.

영원

주어진 삶을 살아내다가도 문득 세상이 아름다워 보일 때가 있습니다. 그럴 때엔 항상 마음 한구석이 저려 옵니다. 언젠간 이 모든 것들이 사라질 것이라는 데에서 오는 슬픔인 것입니다. 이 아름다운 세상도, 그에 발 딛고 살아가는 사람도, 그리고 제가 느끼고 있는 이 감정들도, 결국엔 흔적도 없이 사라집니다. 영원은 없습니다. 그렇기에 저는 꿈꿉니다. 소멸의 아름다움에 눈물 흘리는 한, 행복과 슬픔은 공존할 것이고, 그러므로 저는 따뜻하고, 아프게 살아가겠습니다.

우리가 우리일 수 있게

EPiLogue

Epilogue

허태준

학선 씨를 처음 만난 건 작년 겨울, 직업계고등학교 노동 매뉴얼 제작을 위해 참석한 간담회에서였다. 이전부터 SNS를 통해 서로의 존재를 알고 있기는 했지만 살고 있는 지역이 달라 직접적인 교류는 없었다. 그저 나와 같은 문제의식을 가진 또래가 있다는 사실이 신기해 간간이 올라오는 그의 소식을 챙겨보기만 했다. 자신이 겪은 노동현장과 불평등의 문제를 지적하는 학선 씨의 글에는 항상 씩씩함이 베여 있어서, 나는 한 번도 만난적 없는 그의 목소리를 혼자 상상해보고는 했다.

그런데 간담회 장소였던 서울역 내부 회의실에서 상상 속 목소리가 나를 불렀다. 문을 열고 들어온 그는 나와 눈이 마주

치더니, 힘찬 발걸음으로 곧장 걸어왔다. 나는 그 모습에 당황해 쭈뼛거리며 자리에서 일어났는데, 그는 그런 기색도 없이 밝은 표정으로 손을 내밀었다.

"작가님! 정말 뵙고 싶었습니다! 저는 학교 친구들 외에 저와 같은 진로를 밟아온 사람을 본 적이 없거든요."

마주 잡았던 손의 온기만큼이나, 그가 처음 내뱉은 말이 기억에 오래 남았다. 우리가 '같은 진로를 밟아온 사람'이라는 말이, 그래서 '보고 싶었다'는 말이, 그렇게 보고 싶었는데도 우리 주변에서는 '본 적이 없었다'는 말이, 나의 마음 어딘가에 콕 하고 박혀서 떨어지지 않았다. 처음 만난 그에게 남다른 친밀감을 느꼈던 것도 아마 그 때문일 것이다. 저도 마찬가지예요. 저와 같은 고민을 해왔던 사람을 꼭 만나고 싶었어요.

학교를 졸업하고, 특히나 직장 밖에서 나와 비슷한 일을 하는 또래를 찾는 일은 쉽지 않았다. 학선 씨의 말마따나 그들이 평일 내내 도시에서 멀리 떨어진 산업단지에서 생활하기 때문일지도 모르고, 아니면 자신의 이야기를 할 기회가 우리에게 충분치 않았기 때문일지도 몰랐다. 내가 지나온 시절은 학창 시절 동기들 정도나 이해하는, 한정된 사람들과 나눌 수 있는 한정된 이야기였다.

우리는 간담회가 끝난 후에도 긴 이야기를 나눴다. 처음에는 서로가 공유하는 여러 사회문제에 대한 의견이었지만, 점차 개인적인 고민과 정체성의 문제로 대화가 이어졌다. 학선 씨는 자신이 한 번도 대한민국에서 '청년'이었던 적이 없다고 했다. 한국 사회에서 청년은 '대학생'이거나, 하다못해 '취업준비생'이라고, 이미 직장에서 '노동자'로 일하고 있던 자신은 그사이에 들어가지 못하는 이질적인 존재라고 했다.

나는 곧바로 그 말을 이해할 수 있었다. 학선 씨가 느끼는 감정은 단순히 일상에서 느끼는 소외감만이 아니었다. 우리나라에서 최근 몇 년간 '청년'이란 집단을 호명하고, 정책을 개발하는 이론적 근거는 '이행기 청년' 관점이었다. 노동시장으로 이행하는 과정에서의 정체기를 '청년'으로 호명하는 것이다.[*] 그 시기에 이미 노동을 하고 있던 나와 학선 씨가 자신을 '청년'으로 정체화하지 못하는 건 어쩌면 당연한 일이었다.

학선 씨는 얼마 전 다니던 회사를 그만두고 노동 관련 단체에서 활동하고 있었다. 자신과 같은 고민을 하는 사람을 도와주고 싶었다고, 혼자 두고 싶지 않았다고 했다. 그러면서도 한편으로는 현장을 벗어난 자신이 '청년노동자'로 계속 문제제기를 해도 되는지에 대한 고민이 있었다. 자신의 경험을 바탕으로,

---

[*] 이정봉, 「이행기 관점 청년정책에 대한 비판적 검토」, 『한국노동사회연구소 이슈 페이퍼』, 149(8), 한국노동사회연구소, 2021.

이전의 경험과 다른 종류의 일을 하고 있다는 점에서 우리는 닮은 점이 많았다. 나 또한 현장 경험을 바탕으로 책을 썼지만, 공장을 나와서는 자신을 '청년노동자'라고 호명하는 것이 조심스러웠다. 달라진 환경만큼 누군가를 대표하듯 비치는 일을 경계해야 할 것 같았다.

긴 대화의 끝에서 우리는 '할 수 있는 데까지 계속 이야기하자'는 나름의 결론을 지었다. 가끔은 자신에게 자격이 있는지 고민되고, 숨어버리고 싶을 때도 있겠지만, 어떻게든 목소리를 내는 걸 두려워하지 말자고. 더 많은 이야기를 세상에 내보내자고 약속했다. 작년 한 해 동안 요청받았던 토론회와 강의 등에 눈을 질끈 감고서라도 나갈 수 있었던 건, 그날 학선 씨와 나눈 용기 덕분이었다.

나와는 달리 언제나 씩씩할 줄 알았던 학선 씨가 최근 SNS에 장문의 글을 남겼다. 길게 이어진 문장에는 잠시 쉬어가고 싶다는 말이 적혀 있었다. 수많은 문제 이전에, 온전히 '나'의 문제에 더 집중하고 싶다고, 활약보다는 성장이 필요한 것 같다고. 자신의 꿈은 거대하지 않고, 그저 '사랑하는 사람이 행복한 것'과 '그로 인해 자신이 행복한 것' 뿐이라고 했다.

지쳐 보이는 그의 모습에 나는 왜인지 '효능감'이란 단어를 떠올렸다. 20대 대통령 선거를 치르며 언론과 정치권을 중심으로 자주 사용되기 시작한 단어였다. 낯선 어감이었지만 대강의 뜻을 예상할 수 있었는데, 사전적 의미를 찾아보니 '특정한 상황에서 적절한 행동을 함으로써 문제를 해결할 수 있다고 믿는 신념 또는 기대감'이라고 했다.[**] 투표를 하거나 특정 정당을 지지하는 행위가, '어떤 문제를 해결할 수 있다'는 믿음을 줄 수 있다는 것이다.

효능감은 어떤 행위의 근거가 되는 듯 했다. 누군가 선뜻 이해할 수 없는 선택을 하더라도, 그것이 당사자에게 효능감을 준다면 '충분히 그럴 수 있는 선택'으로 분석됐다. 그렇다면 반대로 말할 수도 있지 않을까? 효능감이 없다는 건, 그 행위를 하지 않을 근거가 될 수도 있지 않을까?

사람마다 다를지도 모르지만, 나는 개인적인 아픔을 이야기하는 일에서 효능감을 느낀 적이 없었다. 공식적인 자리에서 발언을 요청받을 때마다 오히려 개인적 경험의 비중은 점차 줄어들었다. 교육의 문제, 노동의 문제, 불평등의 문제. 당장에 해결할 수 없는 거대한 문제들 앞에서 나의 경험은 너무나 사소하고 의미 없는 투정처럼 느껴졌다. 그럴수록 일부러 논문이나 최근 공개된 정책 보고서 등을 참고해 발표를 준비했다. 객관적인 데이터가 나의 발언에 조금이나마 힘을 실어주길 바랐다.

사회적 소수자는 분명 사회구조에 의해 차별받는 존재였지

[**] 우리말샘, 「효능감」

만, 동시에 그들의 문제는 너무나 개인적이었다. 그러다 보니 쉽게 구분될 수 없고, 설사 구분될 수 있다고 해도 그것을 스스로 판단하기까지는 오랜 시간이 걸렸다. 해결의 기미가 보이지 않는 거대하고 막막한 문제들과는 달리, '나'의 문제는 유동적이고 너무나 빨리 변했다. 직장이 바뀌고, 하는 일이 바뀌고, 만나는 사람과 지내는 곳이 바뀌었다. 조금만 더 지나면 스스로 '청년'이라고 부를 수 없는 순간도 금방 찾아올 것 같았다. 그렇다면 해결될 수 없는 문제에 골몰하는 것보다, 당장에 해결할 수 있는 눈앞의 일에 초점을 맞추는 게 더 좋지 않을까.

비관적으로 보일지도 모르지만, 이건 나 혼자만의 생각은 아닐 것이다. 우리가 살아야 하는 건 문제가 아니라 삶이었으니까. 정체성에 대한 고민은 결국 '앞으로 어떻게 살아야 할지에 대한 고민'과 맞닿아 있었다. 과거 학선 씨와 내가 스스로 '청년'이 아니라고 믿었듯이, 그래야 조금이나마 덜 억울하게 살수 있었듯이. 우리 사회 곳곳에는 자신의 일부를 도려내듯 정체성을 구분하고, 나누고, 때로는 숨겨야만 하는 사람이 있을 것이다.

『세상의 모든 청년』에 담긴 이야기가 소중한 건 하나하나가 모두 온전한 '나'로 채워진 이야기이기 때문이다. 자신의 선택을, 과거를, 고향을, 몸을, 타인에 의해 결정되어 버린 상황과 자기 안에 들어찬 우울을, 도려내지 않고 온전히 자신의 정체성으로 수용하고자 하는 목소리이기 때문이다.

　나는 이 책의 바깥에서도 그런 목소리가 가득해지기를 바란다. 그러기 위해선 역시 '효능감'이 중요할 것이다. 자신의 아픔을 드러내는 일이 차별이나 편견을 받을지 모른다는 두려움이 아니라, '특정한 상황에서의 적절한 행동'으로 느껴져야 한다. 그렇게 함으로써 '문제를 해결할 수 있다고 믿는 신념 또는 기대감'을 가질 수 있어야 한다. 누군가를 호명하고 정책을 개발하는 근거는 거기서부터 시작되어야 한다.

　물론 그저 이야기하는 것만으로 효능감이 생기지는 않을 것이다. 내가 학선 씨와의 만남을 통해 용기를 얻은 것처럼, 자신의 아픔을 기꺼이 들어줄 타인의 존재가 필요하다. 『세상의 모든 청년』에서는 인터뷰이를 만나기 위해 각자의 시간과 정성을 들인 '쓰는 사람들'이 있었다. 하지만 개개인의 작가들이 도맡았던 역할은 사실 언론이, 정치가, 사회가, 그들의 곁을 스치는 모두가 함께 공유해야 하는 책임이다.

　잊지 말아야 점은, 그 책임이 세대나 지위에 따라 일방적으로 전가되는 형태가 아니라는 것이다. 오히려 자신의 아픔을 드러내는 사회에서 우리는 서로 도울 수 있다. '효능'은 현상이 동시에 감정이기 때문이다. '소외'도 마찬가지다. 현상이 감정에 영향을 준다면, 그 반대도 얼마든지 가능할 것이다.

더 많은 이들이 자신의 아픔을 숨기지 않도록, '할 수 있는 데까지 계속 이야기'할 수 있도록, 사회 구성원 모두가 함께 삶을 열어가야 한다. 이제 그 '시작의 문'을 밀고 나가자. 힘찬 발걸음으로 곧장 걸어가자. 밝은 표정으로 손을 내밀며, '꼭 보고 싶었다' 말할 수 있도록 말이다.

"세상 모든 것에 감탄하는 지혜로운 사람들의 공간"
도서출판 호밀밭

세상의 모든 청년
ⓒ 2022, 쓰는 사람들

지은이	정지우 이재호 김시영 박정민 정인한 정영탁 우선영 황진영
	정희권 전이서 전지은 박지영 박종화 신보배 김수안 영원 허태준
초판 1쇄	2022년 04월 29일
편집	허태준 책임편집, 박정오, 임명선
디자인	박규비 책임디자인, 전혜정, 최효선
미디어	전유현, 최민영
마케팅	최문섭
종이	세종페이퍼
제작	영신사
펴낸이	장현정
펴낸곳	호밀밭
등록	2008년 11월 12일(제338-2008-6호)
주소	부산광역시 수영구 연수로 357번길 17-8
전화, 팩스	051-751-8001, 0505-510-4675
전자우편	anri@homilbooks.com

Published in Korea by Homilbooks Publishing Co, Busan.
Registration No. 338-2008-6.
First press export edition April, 2022.

ISBN 979-11-6826-048-1 03810